rororo

DIE 3
SPÜRNASEN

Mit Illustrationen
von Charlotte Panowsky

Renate Ahrens

Don't tell anybody!

Ein deutsch-englischer Kinderkrimi

Rowohlt Taschenbuch Verlag

Originalausgabe
Veröffentlicht im Rowohlt Taschenbuch Verlag,
Reinbek bei Hamburg, August 2010

Lektorat Marie-Ann Geißler
Umschlag- und Innenillustrationen Charlotte Panowsky
Umschlaggestaltung any.way,
Barbara Hanke/Cordula Schmidt
Satz Plantin PostScript (InDesign)
bei KCS GmbH, Buchholz bei Hamburg
Druck und Bindung Druckerei C. H. Beck, Nördlingen
Printed in Germany
ISBN 978 3 499 21557 5

Don't tell anybody!

Oscar Has Found something!

Noch zehn Minuten bis zur Landung in Dublin! Tobias sah unter sich die irische Küste auftauchen: grün-braune Berge, breite Buchten und felsige Inseln. Das Meer glitzerte in der Sonne.

«Freust du dich?», fragte Mama.

Er nickte. Sie würden zusammen mit seinem kleinen Bruder Henrik und Henriks Papa Stefan die Sommerferien bei Tante Anna und ihrer Familie verbringen. Tante Anna war Mamas Zwillingsschwester. Sie und Onkel Jonathan hatten zwei Kinder, mit denen Tobias sich gut verstand: David war zehn, genau wie er, und Emily war elf.

«Guckt mal, da ist der Hafen!», rief Stefan und zeigte aus dem Fenster.

«Hafen, Hafen!», quietschte Henrik.

An den Enden der langen Kaimauern, die das Hafenbecken wie zwei Arme umschlossen, konnte Tobias deutlich die beiden Leuchttürme erkennen. Gerade segelte eine Yacht aufs offene Meer hinaus.

Dort unten im Hafen hatten David, Emily und er im letzten Sommer ihren ersten Fall gelöst, als sie dem eifersüchtigen Eamon auf die Spur gekommen waren. Er hatte das Segelboot seines jüngeren Halbbruders Angus heimlich beschädigt und ihm so seinen Sieg bei der Junior-Regatta vermasselt. Aber später hatten die beiden sich versöhnt und einander versprochen, niemandem zu erzählen, was passiert war.

This year Angus came first in the junior regatta, hatte Emily ihm vor ein paar Wochen gemailt. *Eamon did everything to support him.* Tobias fand es toll, dass Eamon seinen Bruder in diesem Jahr so unterstützt hatte. Vielleicht würde Angus Irland nun bei der Europa- oder sogar bei der Weltmeisterschaft der Optimisten-Segler vertreten.

Er lehnte sich in seinem Sitz zurück und dachte an die Frühjahrsferien. Da waren sie auch wieder in einen Fall verwickelt worden, und das ausgerechnet an Davids und Emilys Schule. Die achtjährige Laura war von drei älteren Mädchen erpresst worden. Mandy und ihre beiden Freundinnen hatten gedroht, ihrem kleinen Bruder etwas anzutun, sollte sie nicht regelmäßig zahlen. David, Emily und er hatten herausgefunden, dass die drei sich Drogen von dem Geld gekauft hatten.

Sie hatten eine Jugendstrafe bekommen, die aber zur Bewährung ausgesetzt worden war, hatte David ihm neulich in einer Mail geschrieben. Jetzt mussten sie mit einem Bewährungshelfer zusammenarbeiten. *Mandy now goes to a different school. She doesn't live at home any more, but at her aunt's.* Das war bestimmt besser für sie, denn ihre Mutter hatte man in eine Klinik einliefern müssen, weil sie tablettenabhängig war.

Ob in diesen Ferien auch wieder irgendwas passieren würde?

In dem Moment fing das Flugzeug an zu ruckeln. Er griff nach Mamas Arm. Was war denn jetzt los?

«Das ist der Wind», beruhigte sie ihn. «Gleich sind wir da!»

Ein paar Sekunden später setzte die Maschine auf. Tobias holte tief Luft. Dieses Ruckeln hatte ihm überhaupt nicht gefallen.

«Eins musst du mir versprechen», sagte Mama.

«Was?»

«Dass ihr drei nicht wieder irgendwelche Spuren verfolgt und euch in Gefahr bringt.»

Konnte Mama etwa Gedanken lesen?

«Hörst du?»

«Wir haben's ja nicht extra gemacht», murmelte Tobias. «Es hat sich so ergeben.»

«Trotzdem! Versprochen?»

«Okay ...»

David und Emily warteten schon ungeduldig auf sie, als sie endlich in ihrem Mietwagen vor dem Haus am Meer hielten, wo Tante Anna mit ihrer Familie wohnte.

«Hi, Tobias!», rief Emily.

«Hallo!»

«Did you get my mail?», fragte David.

Tobias nickte.

Emily und David konnten zwar Deutsch, aber Englisch fiel ihnen leichter. Deshalb sprachen sie immer Englisch mit Tobias, und er antwortete auf Deutsch. Anfangs war es ihm schwergefallen, die beiden zu verstehen, aber inzwischen hatte er schon ganz gut Englisch gelernt.

Sie hatten gerade Tante Anna und Onkel Jonathan begrüßt, als Oscar, der schwarze Labrador, auf sie zugestürmt kam und Henrik die Hand leckte.

«Oscar! Oscar!», rief Henrik glücklich und schlang seine Arme um Oscars Hals.

Sie hatten zu Hause in Hamburg auch einen Hund: Babu, der jetzt in den Ferien bei den Großeltern geblieben war. Henrik spielte gern mit Babu, aber Oscar liebte er über alles.

«Unfortunately Oscar didn't get enough exercise in the last couple of weeks», sagte Onkel Jonathan.

«Because you work all the time!», rief Emily vorwurfsvoll.

«That's true!»

Onkel Jonathan war Rechtsanwalt und kam abends oft spät nach Hause.

Tante Anna seufzte. «Ich hatte einen Abgabetermin für eine sehr schwierige Übersetzung. Da bin ich immer nur kurz mit Oscar rausgegangen. Aber er kann ja im Garten herumtoben.»

«Es ist wichtig für einen großen Hund wie Oscar,

dass er regelmäßig Auslauf bekommt. Sonst wird er krank», meinte Mama stirnrunzelnd. «Das erlebe ich in meiner Praxis immer wieder.»

«David, Emily und ich können ihn ja jetzt öfter mitnehmen», schlug Tobias vor.

«Das Problem ist, dass ihr Kinder seine Leine kaum halten könnt, weil Oscar inzwischen so viel Kraft hat», erklärte Tante Anna.

«David nearly fell the other day, because Oscar suddenly started to run», fügte Onkel Jonathan hinzu.

«Anyway, he hates walking on the leash!», rief Emily.

Prompt fing Oscar an zu bellen.

«Ich hätte Angst, ihn ohne Leine laufen zu lassen», sagte Tante Anna. «Er bringt es fertig und rennt vor ein Auto.»

«Aber er hört doch sehr gut auf euch», wandte Mama ein.

«There you are!», rief Emily. «For weeks we've been trying to tell you that we don't need the leash any more!»

Tante Anna rollte die Augen. «Ihr seht, das ist ein schwieriges Thema.»

«How about something to eat?!», fragte Onkel Jonathan. «I'm hungry!»

«Henrik auch Hunger!», rief Henrik und streichelte Oscars Rücken.

«Er hat tatsächlich genau verstanden, worum's geht!», staunte Stefan und grinste.

Als Tobias später im Bett lag, hörte er, wie Regen gegen die Fensterscheiben schlug. Bei Regenwetter würden sie morgen bestimmt nicht schwimmen gehen. Und dabei hatte er sich schon so darauf gefreut, wieder im Meer zu kraulen.

«Are you asleep?», flüsterte David.

«Nein.»

«We want to show you something tomorrow.»

«Aha. Was denn?»

«The old quarry.»

«Was heißt das, ‹quarry›?»

«... Steinbruch.»

«Der alte Steinbruch? Sind da nicht die Felsen, die Stefan so gut gefallen?»

«Yes, that's it.»

Klettern war Stefans Lieblingssport. Er war glücklich, wenn er irgendwelche senkrechten Felsen hinaufklettern konnte. Mama musste immer weggucken. Aber Stefan ging sowieso am liebsten mit seinen Kletterfreunden auf Tour. Ihre Ausrüstungen kauften alle bei ihm im Laden.

«We mustn't tell my Mum and Dad about it. They've forbidden us to go there.»

«Warum?»

«They think it's too dangerous because of the steep rocks. But we don't go near them. We only play where it's safe.»

«Vielleicht können wir Oscar mitnehmen, wenn deine Mutter erlaubt, dass er ohne Leine läuft.»

«I think she will. I'm glad your mother said Oscar is an obedient dog.»

«Er ist ja auch gehorsam. Und meine Mutter kennt sich mit Tieren echt gut aus.»

«And my Mum doesn't at all. Strange, isn't it?»

«Hm ... Was wollen wir denn sagen, wo wir hingehen?»

«We'll say that we're going to the beach.»

«Hoffentlich gehen meine Mutter, Stefan und Henrik nicht auch an den Strand.»

«Not if it's raining.»

«Das stimmt.»

«And it will be raining!»

Am nächsten Morgen regnete es tatsächlich immer noch.

«Was haltet ihr davon, wenn wir im Hallenbad schwimmen gehen?», fragte Mama, als sie mit dem Frühstück fertig waren.

«Henrik auch schwimmen!», rief Henrik und strahlte.

Tobias schüttelte den Kopf. «Wir wollen mit Oscar an den Strand.»

Stefan runzelte die Stirn. «Bei dem Wetter?»

«Wir ziehen unsere Anoraks an.»

«And Oscar doesn't mind the rain!», sagte Emily.

«Hoffentlich geht das ohne Leine gut», seufzte Tante Anna.

«Wird es schon!», meinte Mama.

Dann musste Tobias ihr noch versprechen, dass er sein Handy mitnehmen und es auch anstellen würde, damit sie ihn immer erreichen konnte.

Es war kurz nach zehn, als sie endlich losgingen. Oscar lief sofort ein Stück voraus, dann wartete er auf sie, bevor er wieder losrannte.

«You're a very good dog», lobte Emily ihn.

«Do you think Mum believed us when Tobias said we wanted to go to the beach?», fragte David.

Emily nickte. «She's so worried about Oscar that she didn't even listen properly.»

«Wie weit ist es denn bis zum Steinbruch?», fragte Tobias.

«About twenty minutes», antwortete David. «We'll take the coast road until we reach Cats' Ladder, the flight of steps that take us up to the path on Killiney Hill. The quarry is on the other side of the hill.»

«‹Cats' Ladder› heißt die Treppe? Katzenleiter ... Das ist ja 'n witziger Name.»

«It's called Cats' Ladder, because there're sometimes wild cats on the steps», erklärte Emily.

«Hopefully not today», murmelte David. «Oscar would go mad!»

Eine normale Treppe ist das nicht, dachte Tobias, als sie die Katzenleiter hinaufliefen. Das waren bestimmt über zweihundert Stufen! Oscar kam natürlich als Erster oben an. Zum Glück sahen sie keine einzige Katze.

Inzwischen nieselte es nur noch. Aber es war so diesig, dass sie kaum das Meer sehen konnten, als sie auf dem Killiney-Hügel standen.

«And that's the old quarry!», sagte Emily und deutete mit dem Finger nach unten.

Tobias schaute über die Mauer und erschrak, als er sah, wie steil es hier bergab ging. Der alte Steinbruch war ein riesiges Gelände. Zwischen den schroffen Felswänden wuchsen Bäume und Büsche, und am Fuße der Felsen war alles zugewuchert. Nicht weit von ihnen entfernt hing ein Kletterer an den Felsen und seilte sich ab.

David erzählte ihm, dass man hier im 19. Jahrhundert Granit abgebaut hätte.

«They used it to build the harbour», fügte Emily hinzu.

«Der Hafen, in dem euer Segelclub liegt und von dem aus die Fähren nach Wales fahren?»

«Yes. There's a ferry leaving the harbour just now.»

Es war etwas klarer geworden, und jetzt konnte auch Tobias die Fähre erkennen, die gerade den Hafen verließ.

«Seit wann wird der Steinbruch nicht mehr genutzt?»

«They must have stopped using it at least a hundred years ago», antwortete David. «Look how big some of the trees are!»

Eine Treppe führte zwischen den Felsen hinunter in den alten Steinbruch. Sie fanden ein paar Büsche mit dicken, saftigen Brombeeren, und während sie sich damit den Bauch vollschlugen, entdeckte Tobias einen Turmfalken, der hoch oben über ihnen schwebte. «Der wird sich gleich auf eine Maus stürzen», sagte er und wischte sich den Mund ab.

«Where's Oscar?», fragte David und schaute sich suchend um.

«Perhaps he's also looking for a mouse», antwortete Emily kichernd.

In dem Augenblick hörten sie einen Schrei, einen schrillen, langgezogenen Schrei. Tobias starrte die anderen erschrocken an.

«I think that's where it came from», sagte David und zeigte auf die Felsen.

«Oh, no!», flüsterte Emily.

Tobias spürte, wie ihm schwindelig wurde. War da etwa jemand abgestürzt?

Jetzt fing ein Hund an zu bellen.

«That's Oscar!», rief David. «Let's go and find him!»

Sie liefen in die Richtung, aus der sie den Schrei gehört hatten. Aber sie kamen nicht sehr schnell voran, weil alles um sie herum mit Brombeeren zugewachsen war.

«Ouch!!!», rief Emily und rieb sich die Schrammen auf ihren Armen. «I hate these thorns!»

Plötzlich knackte es im Gebüsch, und Tobias blickte in das Gesicht eines Jungen. Im nächsten Moment

war es wieder verschwunden. Er war so verblüfft, dass er keinen Ton herausbrachte.

«What's the matter?», fragte David.

«Habt ihr den Jungen nicht gesehen?»

«A boy?», fragte Emily. «Where?»

«Da vorn, im Gebüsch.»

«I didn't see anybody.»

«Neither did I», sagte David.

«Aber da war jemand!»

Sie kämpften sich weiter durchs Brombeergestrüpp, bis sie einen schmalen Weg unterhalb der Felswand erreicht hatten. Der Junge musste hier entlanggelaufen sein. Er war natürlich längst weg.

«What did he look like?», fragte David.

«Dünn, blass, kurze braune Haare ...»

«Was he older or younger than us?», wollte Emily wissen.

«Ich weiß nicht ... es ging so schnell ... vielleicht etwas älter als wir.»

Tobias blickte nach oben. Die Wand war bestimmt zwanzig oder dreißig Meter hoch. So einen Absturz würde niemand überleben.

«There's Oscar!», rief David.

Jetzt sah Tobias ihn auch. Er sprang aufgeregt an der Felswand hoch.

«The boy must have screamed because Oscar gave him a fright», meinte Emily.

«Quite possibly», sagte David. «Anyway I'm relieved that nobody is lying here, injured or ... dead.»

«Ich auch», murmelte Tobias.

«Oscar has found something!», rief Emily. «He's barking at a blue plastic bag.»

«That's probably just rubbish», meinte David, als er die blaue Plastiktüte aus der schmalen Felsspalte zog.

«I don't think so», sagte Emily und griff nach der Tüte, die mit einem Gummiband verschlossen war. «There's something soft inside.»

Hoffentlich kein totes Tier, dachte Tobias.

«Let's have a look!» David löste das Gummiband und zog ein zusammengerolltes altes T-Shirt heraus.

«It sounds as if there's money in there!», rief Emily.

Und tatsächlich! Als sie das T-Shirt aufrollten, entdeckten sie eine Menge Kleingeld und auch ein paar Scheine.

«How much is it?»

Sie fingen an zu zählen.

«53 Euro and 68 Cent», verkündete David nach einer Weile.

«Warum versteckt der Junge Geld hier im Steinbruch?», fragte Tobias.

«That's what I'd also love to find out», antwortete Emily.

«Könnte das ein Fall für die *3 Spürnasen* sein?»

David grinste. «It looks like it, doesn't it?»

Habt ihr das gesehen?

Sie beschlossen, die blaue Plastiktüte in der Felsspalte liegen zu lassen und bald wiederzukommen, um diesen Teil des Steinbruchs zu beobachten. Vielleicht kam der Junge öfter um diese Zeit hierher, um sich Geld aus der Tüte zu holen oder was hineinzulegen.

«Next time we'll have to leave Oscar at home, because the boy seems to be afraid of dogs», sagte Emily auf dem Nachhauseweg.

Als Oscar seinen Namen hörte, begann er sofort, mit dem Schwanz zu wedeln.

«Dabei tut er niemandem was», murmelte Tobias und strich ihm über den Kopf.

«But the boy doesn't know that», entgegnete David. «He might have had a bad experience with dogs.»

«Wir müssen versuchen, mehr über den Jungen herauszufinden.»

Emily nickte. «And we can only do that if we follow him when he leaves the quarry.»

Oscar hatte ein paar kleine Disteln auf seinem Fell, die sie nicht bemerkt hatten. Aber Tante Anna fielen sie natürlich sofort auf.

«Seit wann gibt's denn Disteln am Strand?», fragte sie stirnrunzelnd.

«We didn't only go to the beach, we also went up Cats' Ladder, because Tobias had never been there», antwortete Emily schnell.

«Und da gibt's Disteln?»

«Yes, there're lots of them.»

Zum Glück schien Tante Anna sich mit dieser Erklärung zufriedenzugeben.

Nach dem Mittagessen kam die Sonne heraus, und die *3 Spürnasen* beschlossen, schwimmen zu gehen. Vielleicht würde sie das ablenken. Emily verkündete, dass sie wieder an den Strand gehen wollten. Die Mütter hatten nichts dagegen.

Leider verging der Nachmittag so langsam, dass es kaum zum Aushalten war. Tobias merkte, dass er ständig nach dem dünnen, blassen Jungen Ausschau hielt, obwohl er sich eigentlich ziemlich sicher war, dass der seine Nachmittage nicht am Strand verbrachte. Er hatte so ernst ausgesehen. Und auch traurig. Gar nicht wie andere Kinder.

Beim Abendbrot erzählte Stefan, dass er Kontakt zu einem Dubliner Kletterverein aufgenommen hätte. Morgen früh um zehn würden ihn ein paar Leute zu einer Klettertour im alten Steinbruch mitnehmen.

Tobias verschluckte sich vor Schreck an seiner Minestrone. Er hustete so stark, dass er knallrot anlief. Emily gab ihm unterm Tisch einen Tritt gegen das

Schienbein. Was sollte das? Er konnte doch nichts dafür, dass er sich verschluckt hatte.

«Arme hoch! Ich klopf dir auf den Rücken!», rief Mama.

Es dauerte eine Weile, bis er wieder normal atmen konnte. So was Blödes! Warum musste Stefan ausgerechnet morgen früh im Steinbruch klettern?

Später verzogen sie sich in Davids Zimmer und beratschlagten, was sie jetzt tun sollten. «Perhaps we should wait until Wednesday», meinte David.

«Oh, no!», protestierte Emily. «The quarry is so big! Stefan might go climbing in a completely different area.»

«Ich finde auch, dass wir's nicht verschieben sollten», sagte Tobias. «Ich hab schon den ganzen Nachmittag an nichts anderes mehr denken können.»

«But if Stefan notices us and tells our Mum and Dad about it there'll be serious trouble», entgegnete David. «Then we can forget the quarry for the rest of the summer.»

«Perhaps he wouldn't tell them», warf Emily ein.

«Wahrscheinlich doch», meinte Tobias. «Wir müssen genau beobachten, wo er klettert. Wenn es ein Felsen in der Nähe der Spalte mit der Plastiktüte ist, haben wir eben Pech gehabt.»

«Ideales Kletterwetter!», sagte Stefan, als er zum Frühstück in den Wintergarten kam. «Die Sonne scheint, und es gibt kaum Wind.»

«Pass bloß gut auf dich auf!», seufzte Mama.

«Mach ich!», antwortete er und gab ihr einen Kuss. «Was habt ihr heute vor?»

«Ich dachte, wir könnten nach Bray fahren und uns dort im Aquarium die Fische ansehen», schlug Tante Anna vor.

«Fische?», rief Henrik aufgeregt. «Wasser?»

«Genau!»

«Und wie es ist mit euch?» Mama schaute Tobias, Emily und David fragend an. «Das würde euch doch auch gefallen, oder?»

«Wir ... wollten eigentlich 'n bisschen durch die Gegend ziehen», murmelte Tobias.

«Schade.»

«Vielleicht könnt ihr Oscar mitnehmen», sagte Tante Anna. «Es hat ja gestern sehr gut geklappt mit dem Spaziergang ohne Leine.»

«We thought we might take the bikes», sagte Emily. «Perhaps we'll go out with him later.»

«Na gut. Aber vergesst eure Handys nicht.»

Als sie die Räder aus dem Schuppen holten, hielt Tobias plötzlich inne. «Wollen wir nicht doch zu Fuß gehen? Sonst müssen wir die Räder die ganze Katzenleiter hochschleppen.»

«Today we'll take a different route», erklärte Emily, «straight to the bottom of the quarry.»

«But we still have to go up a steep road», stöhnte David.

«We'll go slowly», beruhigte Emily ihn.

Trotzdem war es ziemlich hart, die steile Straße hinaufzustrampeln. An einem Punkt überlegte Tobias, ob er absteigen sollte, aber dann schaffte er es doch. Nur David musste das letzte Stück schieben.

«We're nearly there!», rief Emily.

Sie radelten eine kleine Straße entlang, die direkt zum Eingang des Steinbruchs führte.

Hoffentlich würden sie die Felsspalte mit der blauen Plastiktüte wiederfinden, dachte Tobias, als er all die steilen Felswände vor sich aufragen sah.

«Isn't that your hired car?», fragte David leise und deutete mit dem Kopf auf einen silberfarbenen Toyota.

Ja, das war ihr Mietwagen. Da konnte Stefan nicht weit weg sein.

«I think Stefan is over there with a group of rock climbers», sagte Emily und zeigte auf eine Gruppe von fünf Männern, die vor einem Landrover standen und ihre Ausrüstung prüften.

Jetzt hatte Tobias ihn auch entdeckt. Er trug ein rotes T-Shirt. So würden sie ihn gut von weitem im Blick behalten können.

«Let's wait and see where they're going», meinte David.

Es dauerte nicht lange, bis die Männer in den Steinbruch aufbrachen. Sie folgten ihnen mit einigem Abstand auf dem schmalen Weg, der zwischen den Brombeerbüschen hindurchführte.

«It looks as if they'll go climbing at the other end of the quarry», sagte Emily nach einer Weile.

«Then we should go and look for the boy», schlug David vor.

«Weißt du noch, wo die Felsspalte ist?», fragte Tobias.

«Yes, I think I do.»

«Wir sollten unsere Handys ausstellen!»

«That's true», sagte Emily. «We don't want our mothers calling us while we're looking for the boy.»

Ein paar Minuten später hatte David die Felsspalte gefunden. Die blaue Plastiktüte lag genau an derselben Stelle wie gestern.

«Let's hide somewhere around here and wait for the boy.»

Es fiel ihnen nicht schwer, in dem Gestrüpp ein geeignetes Versteck zu finden.

Aber dann begann das Warten.

«How long do we want to sit here?», fragte Emily nach einer halben Stunde.

«Keine Ahnung», murmelte Tobias. Wer weiß, ob der Junge heute überhaupt kommen würde.

«We should wait at least for another hour», sagte David. «We have nothing else to go on.»

«Was heißt das?»

«Wir ... haben nichts anderes, wovon ... wir ausgehen können. Where else should we look for the boy?»

«Stimmt ...»

«It's so boring!», stöhnte Emily.

In dem Augenblick entdeckte Tobias etwas Rotes an einem Felsen nicht weit von ihnen entfernt.

«Oh, nee!», flüsterte er. «Da vorn klettert Stefan. Das hat uns gerade noch gefehlt!»

«But we saw him go to the other end –»

«Now he's here!»

Sie hätten besser aufpassen müssen, anstatt sich darauf zu verlassen, dass Stefan mit seiner Gruppe am anderen Ende des Steinbruchs klettern würde.

«Don't move!», befahl David leise. «He might not have seen us yet.»

«But I can't sit here for hours without moving», stöhnte Emily.

«Nicht so laut!», flüsterte Tobias.

Regungslos saßen sie da und hofften, dass Stefan sie nicht bemerken würde. Das Klettern sah schwierig genug aus; da durfte er sich wahrscheinlich zwischendurch gar nicht umgucken.

«I've got pins and needles in my left leg», jammerte Emily.

«Was ist das denn?»

«Ihr linkes Bein ist eingeschlafen», übersetzte David.

Tobias wollte gerade sagen, dass er auch nicht mehr lange still sitzen könnte, als er ein Knacken im Gebüsch hörte.

«Ich glaube, da kommt jemand», flüsterte er.

Und dann sah er den Jungen! Er konnte sein Ge-

sicht nicht genau erkennen, weil er heute eine Baseballkappe aufhatte. Aber das war er: dünn, blass, kurze braune Haare und etwas größer als David und er. Er trug eine Jeans und eine schmuddelige grüne Jacke.

«He's picking up the plastic bag», flüsterte Emily.

«Pssst!»

Der Junge schaute kurz über seine Schulter. Tobias hielt die Luft an. Hatte er sie etwa gehört?

Nein, jetzt drehte er sich wieder um, löste das Gummiband von der Plastiktüte, rollte das T-Shirt auf und legte Geld hinein.

Und dann ging alles ganz schnell. Der Junge verschloss die Tüte wieder, verstaute sie in der Felsspalte und lief los.

«Let's follow him!», zischte David.

Doch das war leichter gesagt als getan. Schließlich durfte der Junge nicht merken, dass sie ihm folgten.

Vielleicht hat er ein Rad, das er am Eingang zum Steinbruch abgestellt hat, schoss es Tobias durch den Kopf. Dann würde er ihnen davonfahren, bevor sie ihre Räder aufgeschlossen hatten.

Aber der Junge hatte kein Rad. Er rannte die Straße hinunter und bog links in einen schmalen Weg ab, der voller Pfützen war.

«He knows the short cuts», hörte Tobias Emily hinter sich sagen.

Das hieß bestimmt ‹Abkürzungen›, dachte er und wäre fast in einer Pfütze ausgerutscht.

«Perhaps he's going to the DART», keuchte David.

Die DART war die S-Bahn, mit der sie im März immer zu Davids und Emilys Schule gefahren waren. Tobias wusste, dass sie auch weiter in die Stadt hinein fuhr.

«You're right!» Emily zeigte auf den Jungen, der jetzt auf die DART-Station zusteuerte.

Sie schafften es gerade noch, am Automaten drei Fahrkarten zu kaufen, bevor die nächste Bahn kam.

«Proppenvoll!», stöhnte Tobias, als sie einstiegen.

«Where's the boy?», flüsterte David.

Tobias schaute sich suchend um. Er konnte ihn auch nicht entdecken. Wenn es hier bloß nicht so eng wäre! Um ihn herum standen lauter spanische

Jugendliche, die sich unterhielten, lachten oder mit ihren Handys spielten. Vielleicht waren sie in Dublin, um Englisch zu lernen.

Plötzlich sah er ihn, gleich neben der Tür, höchstens anderthalb Meter von ihm entfernt. Er hielt den Kopf gesenkt.

Während Tobias noch überlegte, ob der Junge womöglich an der nächsten Station wieder aussteigen würde, wanderte die Hand des Jungen in die Seitentasche eines Rucksacks. Er gehörte einer Spanierin, die ihren Freundinnen kichernd etwas erzählte.

Tobias spürte, wie sein Herz klopfte. Ein paar Sekunden später verschwand ein kleines Portemonnaie in der schmuddeligen grünen Jacke des Jungen. So

was Gemeines! Und jetzt grinste der Junge auch noch! Das war ein ganz gerissener Typ!

«I still can't see him», hörte er David hinter sich flüstern.

«Aber ich», flüsterte er zurück. «Er wird bestimmt an der nächsten Station aussteigen und vielleicht einen Waggon weitergehen.»

«Why would he do that?»

Tobias legte seinen Zeigefinger auf die Lippen, und zum Glück fragte David nicht weiter.

Als die Bahn hielt, schlüpfte der Junge tatsächlich hinaus auf den Bahnsteig, aber nur, um in den nächsten Waggon wieder einzusteigen. Doch da Tobias das geahnt hatte, konnten sie ihm schnell folgen.

Hier war es nicht ganz so voll. Der Junge blieb an der Tür stehen und blickte nach draußen aufs Meer.

«Ich wette, er wird noch ein paarmal umsteigen», flüsterte Tobias David und Emily zu.

«But we can't follow him every time», flüsterte Emily zurück. «He'll notice us.»

«Hauptsache, wir sehen, wo er endgültig aussteigt.»

An der nächsten Bahnstation wechselte der Junge wieder den Waggon, aber die *3 Spürnasen* blieben, wo sie waren.

Nun konnte Tobias den beiden anderen endlich berichten, was er beobachtet hatte.

«That's really mean!», rief Emily.

Tobias nickte. Ja, das war wirklich gemein! «Sollen

wir irgendeinem Erwachsenen Bescheid sagen, dass der Junge das Mädchen beklaut hat?»

«No, let's wait and see», meinte David.

An jeder Bahnstation schauten sie kurz nach, ob der Junge weiterfuhr oder nicht. Aber sie mussten warten, bis sie in der Innenstadt ankamen. Dann war es so weit. Der Junge stieg aus, und sie folgten ihm.

«Wart ihr schon mal allein in der Stadt?»

«No, we weren't», murmelte David.

«Our Mum mustn't hear about this», fügte Emily hinzu.

Sie erreichten die Fußgängerzone, in der es so voll war, dass es den *3 Spürnasen* schwerfiel, den Jungen im Blick zu behalten. Und noch schwerer war es natürlich, ihn beim Klauen zu beobachten. Aber irgendwann zupfte Emily Tobias aufgeregt am Ärmel. «I've just seen how he does it! He's so quick!!!»

«Hm ...» Er war nicht nur schnell, sondern auch sehr geschickt! Der hatte viel Übung. Wer weiß, wie lange er schon klaute!

«We've lost him!», rief David ein paar Minuten später.

«Oh, no! We've got to find him again!», fluchte Emily.

Tobias konnte ihn auch nirgendwo entdecken. Er musste in eine der vielen Seitenstraßen abgebogen sein.

Nachdem sie noch eine Weile vergeblich gesucht hatten, gaben sie es auf.

«How stupid of us!», schimpfte David.

In dem Moment kamen zwei Polizisten um die Ecke.

Die *3 Spürnasen* warfen sich einen kurzen Blick zu. Tobias wusste, dass David und Emily denselben Gedanken hatten wie er: Sollten sie den Polizisten von dem Jungen erzählen?

«The money in the blue plastic bag is probably all stolen», sagte David.

«Yes, and that's why he keeps it outside his home», meinte Emily.

«Ich weiß nicht …», überlegte Tobias. «Vielleicht hat er gar kein Zuhause. So, wie er aussieht.»

Emily schaute ihn nachdenklich an. «You might be right. Perhaps it's all far more complicated.»

«Ich wär dafür, erst mal nicht mit den Polizisten über den Jungen zu reden», sagte Tobias leise.

«Okay», stimmte Emily ihm zu.

Aber David zögerte noch. «Think of all those people whose money he has stolen!»

«Wir müssen den Fall natürlich verfolgen!», sagte Tobias.

Emilys Augen leuchteten. «Yes, and I'm sure that won't be too difficult. We only need to come back here.»

Stimmt, dachte Tobias. Vielleicht würden sie schon morgen wiederkommen und mehr über den Jungen herausfinden.

It's a No-Go Area!

Sie fuhren mit der DART zurück nach Dalkey und waren schon fast zu Hause, als Emily auf einmal stehen blieb.

«We forgot about the bikes!»

«Ach, wie blöd!», rief Tobias.

«Shall we get them later?», fragte David. «I'm so hungry!»

Tobias hatte auch großen Hunger. Es war schon fast drei, und sie hatten seit dem Frühstück nichts mehr gegessen.

«No, let's get them now!», sagte Emily. «We don't want Mum to ask us where our bikes are.»

Also machten sie nochmal kehrt und liefen zum Steinbruch hinauf.

«I hope they're still there», murmelte David.

Die Räder standen angekettet am Zaun, so wie sie sie morgens verlassen hatten. Während sie ihre Schlösser aufschlossen, hörte Tobias auf einmal eine bekannte Stimme hinter sich.

«Hallo, ihr drei!»

Stefan! Warum musste er ausgerechnet jetzt hier vorbeikommen?!

«Hi», rief Emily. «Did you enjoy the climbing?»

«Ja, es war super! Und was habt ihr gemacht?»

«Wir sind ’n bisschen durch die Gegend gefahren», antwortete Tobias.

Stefan schaute ihn einen Moment lang stirnrunzelnd an, fragte aber nicht weiter.

«And now we want to go home, because we’re starving!», rief David.

«Ich auch! Klettern macht hungrig.»

«See you later!»

Warum hatte Stefan ihn so komisch angeguckt?, überlegte Tobias auf dem Nachhauseweg. Ob er sie morgens im Steinbruch doch gesehen hatte?

«Hopefully Stefan won’t say anything to our Mum about meeting us at the entrance to the quarry», sagte David.

«Das hoffe ich auch», murmelte Tobias.

Oscar und Henrik begrüßten sie stürmisch, als sie in die Küche kamen. Im Gegensatz zu Mama, die sie kopfschüttelnd ansah.

«Ihr wart aber lange unterwegs!»

«Wir haben so ’n Hunger!!!», rief Tobias statt einer Antwort.

«Es gibt noch Salami-Pizza», sagte Tante Anna und holte Teller aus dem Schrank.

«Hm, lecker!»

«Ich hab ein paarmal versucht, dich anzurufen!» Mamas Stimme klang streng.

«... Oh, mein Handy war ausgestellt.»

«Du hattest mir fest versprochen, dass ich dich immer erreichen kann!»

«Tut mir leid …»

«Und was war mit euren Handys?», fragte Tante Anna und blickte Emily und David vorwurfsvoll an.

«We forgot to switch them on», antwortete Emily. «Sorry, Mum …»

«Das passiert euch doch sonst nie! Wo wart ihr überhaupt?»

«We … just cycled around.»

«Fünf Stunden lang?», fragte Mama ungläubig.

«Nee, wir haben uns zwischendurch auch mal ausgeruht», murmelte Tobias.

In dem Augenblick betrat Stefan die Küche, und Mama war so erleichtert, ihn zu sehen, dass sie erst mal nicht weiterfragte.

Während Stefan von seiner Klettertour erzählte, aßen sie Salami-Pizza und zum Nachtisch Schokoladeneis. Was der Junge wohl jetzt macht?, dachte Tobias. Ob er sich von dem geklauten Geld was zu essen kauft?

«Könnte es sein, dass ich euch heute Morgen im alten Steinbruch gesehen habe?», fragte Stefan plötzlich.

«Was???» Tante Annas Stimme überschlug sich fast.

Tobias starrte auf seine Hände. Jetzt war alles zu spät.

«Don't get upset!», versuchte Emily ihre Mutter zu

beruhigen. «We only went there to eat some blackberries. They're just ripe.»

Emily fiel immer eine passende Ausrede ein.

«Wir haben euch strengstens verboten, in die Nähe des alten Steinbruchs zu gehen!», rief Tante Anna wütend. «Die Felsen sind extrem steil! Ihr wisst genau, dass da schon Menschen abgestürzt sind und diesen Sturz nicht überlebt haben!»

«We didn't go to the top!», verteidigte sich David. «We were only at the bottom of the rocks. It's not dangerous there!»

«Tobias, warum habt ihr euch nicht an das Verbot gehalten?», fragte Mama ärgerlich.

«Emily hat doch schon gesagt, dass wir nur da waren, um 'n paar Brombeeren zu essen.»

«Ich fasse es einfach nicht!», stöhnte Tante Anna. «Erinnert ihr noch, was euer Vater über den Steinbruch gesagt hat?»

«It's a no-go area!», antworteten David und Emily wie aus einem Mund.

«Und dabei bleibt es! Verstanden?»

Sie nickten.

«Tante Anna böse?», fragte Henrik und sah sie mit großen Augen an.

«Nur noch 'n bisschen», antwortete sie lächelnd. «Es ist wirklich nicht so einfach, Kinder zu erziehen!»

«Da hast du allerdings recht», seufzte Mama.

Später saßen sie in Davids Zimmer und überlegten, wie's jetzt weitergehen sollte.

«Fortunately, we don't need to go back to the quarry at the moment», stellte Emily fest.

«Nein, aber wenn wir den Jungen weiter beobachten wollen, müssen wir wieder in die Innenstadt fahren», sagte Tobias.

«And that's also something we're not allowed to do», murmelte David.

«But the city centre is not a no-go area», entgegnete Emily. «Mum and Dad only told us not to go there on our own.»

«Wir sind ja zu dritt!», rief Tobias.

«Exactly!»

Aber David schüttelte den Kopf. «Perhaps we should forget about the boy.»

«No!!!», protestierte Emily.

Und auch Tobias konnte sich nicht vorstellen, jetzt aufzugeben.

«We need to make a plan!»

«Ich glaube, wenn wir den Jungen in der Fußgängerzone verfolgen wollen, müssen wir uns geschickter anstellen», meinte Tobias. «Sonst hängt er uns wieder ab.»

«And how do you want to do that?», fragte David.

«Vielleicht sollten wir nicht zu dritt hinter ihm herlaufen.»

«Tobias is right», stimmte Emily ihm zu. «As a group we're not as quick as the boy is on his own.»

«That's only because I can't run as fast as you can», sagte David zerknirscht.

«Nein, das stimmt nicht», entgegnete Tobias. «Es ist einfach sehr schwierig, in dem Gewühl drei andere Leute im Blick zu behalten.»

«And who's going to follow him?», fragte Emily.

«Mir würde es nichts ausmachen.»

«I wouldn't mind either.»

«Tobias is the quickest», stellte David fest.

«Aber wir müssen alle unsere Handys anstellen, damit ich euch anrufen kann, wenn ich irgendwas über den Jungen rausgefunden habe.»

Emily nickte.

«And where will we wait for Tobias?», fragte David.

«In front of *Bewley's*.»

Tobias runzelte die Stirn. «Was ist das?»

«A café.»

Ja, jetzt erinnerte er sich an das alte Café in der Fußgängerzone. Da waren sie schon mal mit Mama gewesen.

«Und wann wollen wir losfahren?»

«Let's go in the afternoon», antwortete Emily. «That's when the city centre is really crowded!»

«Yes, and the boy needs crowds», rief David.

«Damit es nicht auffällt, wenn er klaut», fügte Tobias hinzu.

«And do you know what we'll do in the morning?», sagte Emily grinsend.

Die beiden Jungen schauten sie fragend an.

«We'll go swimming with Henrik, Stefan and our Mums, so that the adults don't become suspicious!»

«‹Suspicious›? Was heißt das?»

«... Misstrauisch», übersetzte David.

«Okay.»

Ja, sie mussten aufpassen, dass die Erwachsenen nicht misstrauisch wurden. Heute hatten sie gerade nochmal Glück gehabt.

Wie *heißt er?*

Zuerst lief alles wie am Schnürchen.

Morgens fuhren sie zusammen mit Mama, Stefan, Henrik und Tante Anna an den Strand in Killiney. Die Sonne schien, und es war so warm, dass sie sofort schwimmen gingen. Stefan zeigte Emily und David, wie man beim Kraulen richtig atmet. Und später lagen sie auf ihren Handtüchern im Sand und aßen ihre mitgebrachten Brote.

«So einen schönen Tag hatten wir noch nicht oft in diesem Sommer», sagte Tante Anna. «Im Juli hat es fast nur geregnet.»

«Dann hättest du das Klettern vergessen können», meinte Mama zu Stefan.

Er nickte. «Mir wird immer noch schlecht, wenn ich daran denke, wie Tobias und Emily im März über die rutschigen Felsen geklettert sind, um Laura und ihren kleinen Bruder aus der Höhle zu befreien!»

«Ja, das war wirklich Wahnsinn!», seufzte Mama. «So was dürft ihr nie wieder tun!»

«Tun wir auch nicht», murmelte Tobias.

«Überhaupt müsst ihr uns Bescheid sagen, falls euch mal wieder irgendwas merkwürdig vorkommen sollte.» Tante Anna klang auf einmal ganz ernst. «Keine Ermittlungen auf eigene Faust, verstanden?»

«Mum!», protestierte Emily.

Aber Tobias fiel auf, dass sie ihre Mutter dabei nicht ansehen konnte.

«Ihr habt euch in große Gefahr begeben!», sagte Tante Anna. «Das möchte ich nicht nochmal erleben!»

«Ich auch nicht!», rief Mama.

Was war denn auf einmal los mit den Müttern?, fragte sich Tobias und zog mit dem Zeigefinger Kreise im Sand. Hatten sie irgendwas gemerkt?

«Henrik wieder schwimmen!», verkündete sein kleiner Bruder in dem Moment.

«Ich auch!», rief Tobias und sprang auf.

Er stürzte sich in die Wellen und hoffte, dass es nachher keine Probleme geben würde, wenn sie in die Stadt fahren wollten.

Aber es gab Probleme! Als sie nach Hause kamen, wartete Onkel Jonathan schon auf sie. Er hatte sich nachmittags freigenommen und wollte mit ihnen in die Dubliner Bucht hinaussegeln.

«I don't think we can tell him that we don't want to go», flüsterte Emily. «We asked him before you arrived if he would go sailing with us one afternoon.»

David nickte. «Even I like sailing now. But of course we didn't know –»

«Are you ready?», rief Onkel Jonathan.

In dem Augenblick klingelte sein Handy. Erst

wollte er es einfach ausstellen, aber dann antwortete er doch. Tobias sah, wie er die Stirn runzelte. Musste Onkel Jonathan ins Büro zurückfahren? Das wäre natürlich super!

«I shouldn't have answered that call», seufzte Onkel Jonathan ein paar Minuten später. «Something urgent came up at the office!»

«O nein!», rief Tante Anna enttäuscht.

«I have to go back immediately!»

«Heute ist das ideale Segelwetter.»

«With any luck the weather will be good at the weekend, too!»

Tobias sah, dass Emily und David sich verstohlen zugrinsten. Und auch ihm fiel es schwer, seine Erleichterung zu verbergen. Jetzt mussten sie es nur noch schaffen, unbemerkt in die Stadt zu kommen.

«Wie schade!», meinte Tante Anna, nachdem Onkel Jonathan aufgebrochen war. «Ich weiß, ihr hattet euch so gefreut!»

«Was wollen wir denn stattdessen unternehmen?», fragte Mama.

«We thought we might take the bikes», antwortete Emily beiläufig.

Sie mussten Tante Anna nochmal versprechen, dass sie ihre Handys anstellen und nicht zum Steinbruch fahren würden.

«Anything else?», fragte Emily.

«Seid bitte spätestens um halb sieben wieder zu Hause!»

Vor der DART-Station in Dalkey ketteten sie ihre Räder an und nahmen die nächste Bahn in die Stadt.

«Are you sure you want to follow the boy?», fragte Emily.

Tobias nickte, obwohl er sich nicht ganz sicher war. Wer weiß, was er entdecken würde, wenn er dem Jungen folgte.

«And what shall we do if the boy isn't there?», fragte David. «He might be stealing in a different street today.»

«It's the main shopping street», entgegnete Emily.

«There're many others.»

«Wir suchen ihn erst mal da, wo wir gestern waren», beendete Tobias die Diskussion. «Und wenn wir ihn nicht finden, denken wir uns was Neues aus.»

Heute war es in der Fußgängerzone noch voller als gestern. Vor manchen Geschäften standen Leute und machten Musik. Andere hielten Schilder hoch, auf denen für einen Laden oder ein Restaurant geworben wurde. Die meisten jedoch hatten es einfach nur eilig. Tobias mochte es nicht, dass er ständig angerempelt wurde.

«Let's first go to *Bewley's*, so that you know where to find us later on», schlug Emily vor.

«Okay.»

Während sie das Café ansteuerten, hielt Tobias immer schon Ausschau nach dem Jungen. Doch er konnte ihn nirgendwo entdecken.

«Watch out!», rief David in dem Moment.

Tobias erschrak. Fast wäre er mit einem Clown zusammengestoßen, der auf Stelzen hin und her lief und ihm jetzt zugrinste. Dann endlich erreichten sie *Bewley's*. Vor der Tür saß ein Mann ohne Beine und bettelte. Tobias schluckte. Am liebsten wäre er sofort wieder nach Hause gefahren.

«Are you all right?», fragte Emily.

«Ja ...»

«Let's try and find the boy. It might be quite difficult, because it's so crowded.»

«Das kann man wohl sagen!»

«As soon as we've found him, you follow him on your own.»

«Ist gut.»

«Are we staying together until then?», fragte David.

Emily schüttelte den Kopf. «It might be quicker if we went in different directions in order to find him. And whoever discovers the boy phones the others.»

«Können wir so machen», murmelte Tobias, obwohl er lieber mit den beiden zusammengeblieben wäre.

Sie beschlossen, dass Emily an ein Ende und David ans andere Ende der Fußgängerzone gehen würden. Tobias blieb, wo er war.

«Good luck!», flüsterte Emily ihm zu.

Schon nach kurzer Zeit merkte er, dass der Bettler und der Clown auf Stelzen ihn beobachteten. Er versuchte, in eine andere Richtung zu blicken, aber das war gar nicht so einfach.

«Are you looking for someone?», zischte ihm der Clown zu, als er wieder an ihm vorbeistolzierte.

«No ... I'm not», antwortete er und rannte ein Stück weiter.

Doch der Clown folgte ihm. «Where are your friends? Have they left you behind?»

«... Leave me alone!», rief Tobias und lief in den Eingang eines Kaufhauses.

Hierher konnte ihm der Clown mit seinen Stelzen wenigstens nicht folgen.

Er war in der Parfümerieabteilung gelandet, wo es so stark roch, dass ihm fast schlecht wurde. Dichtgedrängt schoben sich die Leute durch die Gänge. Irgendwo gab es bestimmt einen zweiten Ausgang. Den musste er finden, damit er dem Clown nicht gleich wieder begegnete.

Vorsichtig schlängelte er sich zwischen den Kunden hindurch und fand schließlich eine andere Tür, die nach draußen führte.

Er schaute sich verwirrt um. Was war das für eine Straße? Hier gab's ein paar Stände, an denen Schmuck, Tücher und Kerzen verkauft wurden. Und gegenüber lag ein Juweliergeschäft. Die Fußgängerzone konnte nicht weit weg sein.

In dem Augenblick entdeckte er den Jungen! Er schlich sich an eine ältere, teuer gekleidete Frau heran, die gerade aus dem Juweliergeschäft gekommen

Cafe

war, und griff in ihre Handtasche. Doch die Frau musste etwas gemerkt haben, denn sie drehte sich plötzlich um und schrie. Dann fing sie an, hektisch in ihrer Tasche zu wühlen. Verschiedene Leute blieben erschrocken stehen und begannen, mit der Frau zu reden. Wo war der Junge? Verschwunden! So was Blödes! Warum hatte er nicht besser aufgepasst?!

Tobias ging weiter und hoffte, dass er die Fußgängerzone bald wiederfinden würde. Vielleicht sollte er mal jemanden fragen. Oder er würde die anderen anrufen, um zu sagen, dass er sich verlaufen hätte.

Gerade wollte er sein Handy aus der Tasche ziehen, als er die schmuddelige grüne Jacke hinter einem parkenden Auto auftauchen sah. Dort also hatte der Junge sich versteckt. Diesmal würde er sich an seine Fersen heften, auch wenn er nicht wusste, wo er war.

Der Junge blickte sich kurz um, bevor er loslief. Tobias kam es so vor, als ob er noch blasser war als gestern.

Er versuchte, ihm so unauffällig wie möglich zu folgen. Wenn er bloß nicht so ein Tempo draufgehabt hätte! Tobias war ziemlich schnell, aber der Junge war noch viel schneller.

Sie erreichten eine Fußgängerbrücke, die über den großen Fluss führte. Tobias war noch nie auf der anderen Seite gewesen. Er schluckte. Sollte er wirklich weiter hinter dem Jungen herlaufen? Ja, natürlich!, sagte er sich. Sonst würden sie ihm nie auf die Spur kommen!

Auf der Brücke hielt er etwas mehr Abstand, weil er hier nicht in Deckung gehen konnte. Dabei verlor er ihn fast aus den Augen. Er fand ihn nur wieder, weil am Ende der Brücke die Fußgängerampel auf Rot stand und auf der Uferstraße so viel Verkehr war, dass selbst der Junge warten musste.

Auf der anderen Seite des Flusses gab es auch eine Fußgängerzone, aber der Junge schien nicht vorzuhaben, hier jemanden zu beklauen. Er rannte immer weiter. Viertel nach fünf zeigte eine Uhr an einem Kaufhaus. Um halb sieben mussten sie wieder zu Hause sein, schoss es Tobias durch den Kopf. Wie sollten sie das nur schaffen? Und dann fiel ihm ein, dass er den anderen nicht Bescheid gesagt hatte und sie also gar nicht wussten, dass er den Jungen verfolgte. Es war nicht zu ändern. Er konnte nicht anhalten.

Nach einiger Zeit kamen sie in eine Gegend, die Tobias überhaupt nicht gefiel. Die Häuser waren schäbig, viele hatten eingeschlagene Fensterscheiben, überall lag Müll herum, eine Katze strich um ein ausgebranntes Auto. Vielleicht sollte er besser umkehren.

Aber da bog der Junge in eine Einfahrt ab. Tobias zögerte noch einen Moment, dann schlich er hinter ihm her. Wohnte der Junge etwa hier?

Die Einfahrt führte zu einem dunklen, stinkenden Hinterhof, in dem jemand auf ihn zu warten schien, denn Tobias hörte plötzlich Stimmen. Schnell versteckte er sich hinter ein paar großen Mülleimern.

Er sah fünf, nein, sechs Jungen, die um einen Mann mit Bürstenhaarschnitt und schwarzer Lederjacke herumstanden und ihm Geld gaben. Er hielt einen Schäferhund an der Leine.

«Is that all?», schrie der Lederjackenmann und verpasste einem kleinen schwarzhaarigen Jungen eine Ohrfeige.

«I couldn't ... get more», schluchzte der Junge. «There were ... too many policemen ...»

«You're just too stupid!», schnauzte ihn der Lederjackenmann an.

Tobias stockte der Atem, als jetzt ein zweiter Mann ganz dicht an ihm vorbei auf die Gruppe zulief. Er hatte einen Pferdeschwanz, trug eine Bomberjacke und rauchte.

«How's it going?», fragte er und deutete mit dem Kopf auf die Kinder.

«It could be a lot better», antwortete der Lederjackenmann gereizt. «The kids are getting lazy.»

Als Nächster war ein dünner blonder Junge an der Reihe, der auch nicht genug Geld geklaut hatte.

Während der Lederjackenmann auf ihn einbrüllte, begann der Schäferhund unruhig zu werden.

Er musste hier weg, dachte Tobias. Aber wie? Der Hund würde bestimmt anfangen zu bellen, wenn er ihn bemerkte.

«I hope you got a lot more!», sagte der Lederjackenmann zu dem Jungen in der schmuddeligen grünen Jacke.

Der zuckte nur mit den Achseln und überreichte seine Beute.

«I don't believe it!», schrie der Lederjackenmann. «How dare you bring so little!»

«I ... handbag rich woman ... but ...»

Ah, er versucht, ihm von der Frau vorm Juweliergeschäft zu erzählen, dachte Tobias.

«You didn't get her money?!»

«No ... woman ... shout», stammelte der Junge.

«Liviu, this isn't good enough!!!»

Wie hatte er ihn genannt? *Liviu* oder so ähnlich. Es war ein Name, den Tobias noch nie gehört hatte.

«Next time you bring more! I want at least two hundred! Did you get that?»

Der Junge nickte ängstlich.

Dann gab der Lederjackenmann dem Mann mit dem Pferdeschwanz einen Teil des Geldes und verstaute den Rest in seinen Taschen.

«I'll meet you at the house at nine o'clock!», verkündete er mit schneidender Stimme. «Don't be late!»

Welches Haus?, fragte sich Tobias.

«Off you go!»

Der Schäferhund knurrte. Tobias spürte, wie sein Herz klopfte, als die sechs Jungen an ihm vorbei auf die Straße liefen.

«What's the matter with Liviu?», fragte der Bomberjackenmann und zog an seiner Zigarette. «He used to be our best boy!»

«I don't know», zischte der Lederjackenmann. «But I'll find out!»

«Do you think he's keeping money for himself?»

«If he does that, he'll regret it!!!»

‹Regret›? Hieß das bereuen?

In dem Moment setzten sich die beiden Männer mit dem Schäferhund in Bewegung. Tobias hielt die Luft an. Was würde passieren, wenn sie ihn hier entdeckten?

Als sie auf seiner Höhe waren, blieb der Hund einmal kurz stehen und schnüffelte, aber dann ging er weiter.

Das war knapp!, dachte Tobias und merkte erst jetzt, wie trocken sein Hals war. Noch nie in seinem Leben hatte er solche Angst gehabt!

Er wartete vorsichtshalber noch eine Weile, bevor er sich auf den Rückweg machte.

Als er auf der Brücke angelangt war, rief David ihn an.

«Where are you? We have to go home!»

«Ich hab den Jungen gefunden.»

«Really?!»

«Holt mich an der Fußgängerbrücke ab!»

«Okay!»

Nachdem er aufgelegt hatte, sah er auf seinem Handy, dass Emily und David ihn vorher schon zweimal angerufen hatten, weil sie ihn nirgendwo finden konnten. Das hatte er vor lauter Aufregung gar nicht gemerkt!

Why Does He Steal Money for Them?

*T*obias musste nicht lange auf die beiden warten.

«Where have you been???», rief Emily. «We were really worried about you!»

«Das ist 'ne lange Geschichte …»

«Why didn't you ring us after you'd found the boy?», fragte David.

«Erzähl ich euch, wenn wir in der DART sitzen.»

«Tell us now! We're late anyway!»

«No, let's try to get the next DART», meinte Emily. «Otherwise Mum will be furious!»

Sie rannten, so schnell sie konnten, und bekamen gerade noch die Bahn um zwanzig nach sechs.

Hier standen die Leute so dichtgedrängt, dass sie sich kaum bewegen konnten. Tobias hatte allmählich die Nase voll von diesen vielen Menschen.

«Wollt ihr eure Mutter anrufen und ihr sagen, dass wir unterwegs sind?», fragte er.

«No, better not», antwortete David. «She would hear that we're on the DART.»

«Now, tell us!», flüsterte Emily.

Tobias schüttelte den Kopf. «Jetzt nicht. Es hören zu viele mit.»

«There're very few people who understand German», entgegnete David.

«Trotzdem!»

Sie hatten Glück. Als sie um kurz nach sieben nach Hause kamen, lag ein Zettel von Tante Anna auf dem Küchentisch.

Hallo Ihr Lieben,
wir sind nochmal kurz mit Oscar rausgegangen.
Im Ofen ist ein Brokkoliauflauf. Sobald wir zurückkommen, können wir essen.
Bis gleich!
Eure Mama/Tante Anna

«We're really lucky!», rief Emily.

David grinste. «Nobody will ever know that we were late!»

Sie liefen nach oben in Davids Zimmer, und Tobias wollte gerade anfangen, den beiden zu erzählen, was er erlebt hatte, als sie hörten, wie Tante Anna, Mama, Stefan, Henrik und Oscar zurückkamen.

«Hallo, ihr drei!», rief Tante Anna. «Wir sind wieder da!»

«Couldn't they've come back five minutes later?!», fluchte Emily. «I'm so curious to hear what happened!»

«Me, too», sagte David.

«Tobias! Emily! David! Kommt bitte runter! Wir wollen essen!»

«Das war meine Mutter», murmelte Tobias und stand auf. «Die lässt jetzt nicht locker!»

«It can't be helped», seufzte Emily. «We'll eat quickly and then we'll come up here again.»

Als sie nach unten kamen, stand der Brokkoliauflauf schon auf dem Tisch.

«Henrik Hunger!», rief Henrik und klatschte in die Hände.

Und da merkte Tobias auf einmal, dass auch er großen Hunger hatte.

«Wie war euer Nachmittag?», fragte Stefan, nachdem Tante Anna allen aufgefüllt hatte.

«It was great!», antwortete Emily und erfand eine tolle Radtour, die sie angeblich gemacht hatten.

«Und David ist die ganze Strecke mitgeradelt?», staunte Tante Anna.

«Why not?», protestierte David. «You always think I'm not fit enough!»

«Tut mir leid ...»

«Was habt ihr denn gemacht?», fragte Tobias, um das Thema zu wechseln.

«Wir waren am Hafen und haben den Seehunden zugeschaut», antwortete Mama.

«Wasserhunde!», quietschte Henrik.

Prompt fing Oscar an, mit dem Schwanz zu wedeln.

«Eigentlich wollten wir in die Stadt fahren», sagte Stefan, «aber dann hatten wir doch keine Lust auf diese Menschenmassen.»

Tobias blieb fast der Bissen im Hals stecken. Da hatten sie heute wirklich doppelt Glück gehabt!

Nach dem Essen war es dann endlich so weit: Sie machten die Tür von Davids Zimmer hinter sich zu, und Tobias berichtete den beiden, was er nachmittags erlebt hatte.

Als er sah, wie Emily und David ihn erschrocken anstarrten, wurde ihm plötzlich auch nochmal ganz mulmig zumute.

«That was really dangerous!», sagte Emily. «I'm so relieved the two men didn't see you!»

Tobias nickte.

«We should never have let you follow the boy on your own», meinte David.

«Aber zu dritt hätten wir's vielleicht nicht geschafft. Er ist sehr, sehr schnell.»

«That may be true», sagte Emily. «But from now on we'd better stick together!»

Tobias fiel ein Stein vom Herzen. Er hatte schon Angst gehabt, dass er bald wieder allein losziehen müsste, um den Jungen zu beobachten.

«What's the name of the boy again?», fragte David.

«Liviu … oder so ähnlich», antwortete Tobias.

«I've never heard of a name like that.»

«Neither have I», sagte Emily. «Did he speak any English?»

«Nicht sehr gut.»

«And what about the two men?», wollte David wissen.

«Die haben englisch gesprochen.»

«Did they have an accent?»

«Ich weiß nicht genau ... aber ich glaube nicht.»

«That means they could be Irish», stellte Emily fest. «What about the other boys?»

«Ich hab nur einen anderen reden hören. Der konnte Englisch.»

David klappte seinen Laptop auf. «Let's have a look at the internet. It can't be that difficult to find out where boys called Liviu come from.»

Es dauerte nicht lange, bis David herausgefunden hatte, dass Liviu ein rumänischer Jungenname war.

«But why does a Romanian boy steal money for two Irish men?», fragte Emily.

«Vielleicht haben die Männer ihn aus Rumänien entführt, damit er hier für sie klaut», schlug Tobias als Erklärung vor. «Ich hab schon mal von so was gehört.»

«But if they kidnapped him ... how did they smuggle him to Ireland?», fragte David.

«In ihrem Kofferraum.»

«It's a very long journey!»

«Stimmt. Da würde man in 'nem Kofferraum wahrscheinlich ersticken.»

«I have another idea!», rief Emily. «Perhaps the Romanian boy is an orphan and one of the Irish men adopted him!»

«Was heißt das, ‹orphan›?», fragte Tobias.

«... Waisenkind», übersetzte David.

«Ah, du meinst, dass einer der Iren den rumänischen Jungen adoptiert hat?»

Emily nickte.

«Aber kann man denn so einfach ein Kind adoptieren und es dann für sich klauen lassen?», fragte Tobias. «Gibt's da nicht irgendwelche Leute, die kontrollieren, ob es den adoptierten Kindern gutgeht?»

«I don't know ...»

David hatte inzwischen weitergelesen und verkündete, dass Rumänien eines der ärmsten Länder Europas sei.

«It could be that the parents sold their son to the Irish men, because they're so poor!»

«Glaubst du, das gibt es?», fragte Tobias ungläubig. «Eltern, die ihre Kinder verkaufen?»

«In school we talked about a story like that», sagte Emily. «But I think it was a family somewhere in Africa.»

Tobias runzelte die Stirn. «Wir müssen versuchen, mit Liviu zu reden. Sonst werden wir nie herausfinden, warum er Geld für die Männer klaut.»

«Yes, and we have to warn him that the men might soon find out about the money he keeps for himself.»

«Shall we try and talk to him in town?», fragte David.

«Nein», antwortete Tobias. «Er würde wahrscheinlich sofort weglaufen, weil er Angst hat, dass ihn jemand beobachtet.»

«That's true», stimmte Emily ihm zu. «The men could turn up any time.»

«Ich glaube, der einzige Ort, an dem das geht, ist der Steinbruch. Da scheint Liviu sich einigermaßen sicher zu fühlen. Sonst würde er das Geld dort nicht verstecken.»

«What does he want to do with the money?», fragte Emily.

«Keine Ahnung! Wir müssen ihn fragen.»

«But before we go to the quarry again we have to make sure that Stefan doesn't want to go climbing the same day», verkündete David. «I don't want him to see us there again.»

«Nee, bloß nicht.»

Emily schaute auf ihre Uhr. «Nine o'clock! I'd love to know where the boys are meeting the men.»

Ja, dachte Tobias. Er wüsste auch gern, wo dieses Haus lag. Aber wie sollten sie das herausfinden? Dublin war riesig groß.

An diesem Abend konnte Tobias nicht einschlafen. Immer wieder rollte er sich von einer Seite auf die andere. Sollten sie Mama und Tante Anna vielleicht doch von Liviu erzählen?

«Are you awake?», hörte er David da flüstern.

«Ja. Ich denke über Liviu nach.»

«Me, too. What would happen if we told our Mums about him?»

«Sie würden zur Polizei gehen.»

«And the police would catch him the next time he goes to the quarry.»

«Niemand bei der Polizei würde einem rumänischen Jungen glauben, dass er für diese irischen Männer stehlen musste.»

«No, they would only see the money in the blue plastic bag, which he kept for himself.»

«Das würde bedeuten, dass die Männer ungeschoren davonkommen.»

«So we shouldn't talk to our Mums.»

«Nein, besser nicht.»

«That's also what Emily says.»

Tobias versuchte, nicht mehr an Liviu zu denken. Aber je mehr er sich darum bemühte, desto deutlicher sah er sein ernstes, trauriges Gesicht vor sich. Ihm musste irgendwas Schlimmes passiert sein.

Ob er das versteht?

In der Nacht träumte Tobias, dass er in einem dunklen Hinterhof stand und auf die Männer wartete, denen er Geld übergeben sollte. Überall lag Müll herum, und es stank so sehr, dass er Angst hatte, ihm würde gleich schlecht werden. Warum kamen die Männer denn nicht? Lange würde er das nicht mehr aushalten. Plötzlich raschelte es nicht weit von seinen Füßen entfernt, und er entdeckte eine Ratte. Da fing er an zu rennen: raus aus dem Hinterhof, an ausgebrannten Autos vorbei und über eine Fußgängerbrücke. Schließlich landete er in einer Straße mit lauter Juweliergeschäften. Erleichtert atmete er auf. Aber da packte ihn auf einmal von hinten eine Hand im Nacken. «So kommst du mir nicht davon!», fauchte ihm eine Stimme ins Ohr. «Her mit dem Geld, sonst wirst du was erleben!»

Tobias schreckte hoch. Wo war er? Und warum war ihm so heiß?

Es dauerte einen Moment, bis er begriff, dass er nicht in seinem Hamburger Bett, sondern in Dublin bei David im Zimmer lag. Er hatte schlecht geträumt. Kein Wunder, nach dem Tag gestern!

Leise stand er auf und ging nach unten in die Küche. Oscar wurde sofort wach und wedelte mit dem Schwanz.

Tobias schenkte sich ein Glas Wasser ein und setzte sich neben Oscar auf den Boden. «Ich weiß nicht, ob wir's schaffen werden, mit Liviu zu reden.»

Oscar schaute ihn mit schräggestelltem Kopf an, als ob er sagen wollte, das könne doch nicht so schwierig sein.

«Warum sollte er Vertrauen zu uns haben?», fragte Tobias und kraulte Oscars weiche Kehle. «Er kennt uns nicht. Und er hat bestimmt schon viele schlechte Erfahrungen mit Menschen gemacht.»

Oscar fuhr ihm mit der Zunge über die Hand. Genau wie Babu, wenn er ihn trösten wollte!

«Schade, dass du Liviu nicht trösten kannst. Der hat Angst vor Hunden. Vielleicht ist er schon mal gebissen worden. Vor dem Schäferhund vom Lederjackenmann hatte ich auch Angst.»

«Tobias?», hörte er da eine Stimme aus dem Flur.

Das war Mama! Oh, nein! Hatte er sich jetzt etwa verraten?

«Was machst du denn hier mitten in der Nacht?»

«Ich hatte Durst.»

«Ist sonst noch was?»

«Wieso?»

«Weil du mit Oscar geredet hast.»

«Das mach ich doch mit Babu zu Hause auch manchmal.»

«Ja, meistens dann, wenn dich was bedrückt.»

Was sollte er jetzt darauf sagen? Mama kannte ihn ziemlich gut.

Sie nahm ihn in die Arme und drückte ihn. «Tobias, versprich mir, dass du mir sagst, wenn irgendwas nicht in Ordnung ist.»

Er hatte auf einmal einen Kloß im Hals. Vielleicht sollte er Mama doch alles erzählen. Vielleicht würde sie nicht gleich zur Polizei gehen, sondern ihnen helfen, Liviu kennenzulernen. Vielleicht wüsste sie sogar, warum er Geld für andere klaute.

«Du darfst dir von Emily und David nicht vorschreiben lassen, über was du mit mir sprichst.»

«Das tu ich auch nicht!», protestierte Tobias und befreite sich aus Mamas Armen. «Wie kommst du denn darauf?»

«Tante Anna und ich haben darüber nachgedacht, warum ihr schon zweimal in Fälle hineingeraten seid, die alles andere als ungefährlich waren. Ist Emily diejenige, die euch dazu überredet hat?»

«Nein! Und ich find's gemein von dir, so was über Emily zu sagen!»

«Es ist Tante Anna, die sagt, dass Emily das Risiko liebt.»

«Das stimmt nicht!», antwortete Tobias und dachte an gestern Abend, als Emily verkündet hatte, dass sie von jetzt an immer alles zusammen machen würden.

«Reg dich nicht gleich so auf», sagte Mama. «Ich

freu mich ja, dass du dich mit den beiden so gut verstehst.»

«Klingt aber nicht so!»

«Doch, natürlich.»

Er hatte keine Lust mehr, mit Mama über Liviu zu reden. Sie würde David und Emily wahrscheinlich noch vorwerfen, dass sie ihn gestern allein auf die Verfolgungsjagd geschickt hätten. Dabei war es seine Idee gewesen!

«Ich geh wieder ins Bett», murmelte Tobias. «Nacht.»

«Gute Nacht! Schlaf schön!»

Am nächsten Morgen regnete es.

«Wie schade!», rief Stefan beim Frühstück im Wintergarten. «Ich wollte heute eigentlich nochmal zum Klettern in den Steinbruch!»

Super! Tobias gab David unterm Tisch einen leichten Tritt gegen das Schienbein. Dann würde es nachher wenigstens mit Stefan keine Probleme geben!

Tante Anna hielt nichts davon, dass sie im Regen mit ihren Rädern losfuhren, aber sie konnte sie nicht davon abhalten, in ihren Anoraks nach draußen zu gehen.

«How do you want to go?», fragte David, als sie außer Hörweite waren. «Up Cats' Ladder?»

Emily nickte. «On the road there's always the risk that one of the adults might drive past and see us going towards the quarry.»

Also stiegen sie wieder die Katzenleiter hoch. Hoffentlich hört es bald auf zu regnen, dachte Tobias. Sonst kommt Liviu bestimmt nicht in den Steinbruch.

Aber es hörte nicht auf, sondern der Regen wurde eher immer stärker.

«Do you think the blue plastic bag is still there?», fragte David, als sie oben auf dem Killiney-Hügel ankamen.

Emily drehte sich erstaunt zu ihm um. «Why not?»

«Liviu might have hidden it somewhere else.»

«Aber nur, wenn er gemerkt hätte, dass wir ihn verfolgt haben», sagte Tobias. «Und das glaub ich nicht.»

Die Treppe, die zwischen den Felsen hinunter in den alten Steinbruch führte, war so glitschig, dass er fast hingefallen wäre.

Sie kämpften sich durchs Brombeergestrüpp, und kurz darauf sahen sie die blaue Plastiktüte in der Felsspalte aufblitzen.

«Sieht genauso aus wie vor zwei Tagen», sagte Tobias.

«Where do we want to wait for Liviu?», fragte David.

Emily runzelte die Stirn. «I don't know ... If we hide somewhere and then suddenly come out to talk to him he'll run away. And if we don't hide, but simply wait here, he'll probably also run away.»

«Vielleicht warten wir ein Stück weiter entfernt», schlug Tobias vor. «Und wenn wir ihn sehen, rufen wir seinen Namen.»

«That sounds good to me.»

«We could also say something like ‹We've come to help you›», fügte David hinzu.

«Ob er das versteht?»

«I'm sure he'll understand the word ‹help›!»

Sie suchten sich einen Platz in der Nähe der Felsspalte und warteten. Wenn es bloß nicht so nass wäre, dachte Tobias.

«What's the time?», fragte David.

Emily schaute auf ihre Uhr. «Ten past eleven. There's no guarantee that he'll come every day at the same time.»

«Vielleicht kommt er überhaupt nicht jeden Tag», meinte Tobias. «Wer weiß, ob er gestern hier war.»

Sie schwiegen eine Weile. Der Regen prasselte auf die Felsen, und Tobias' Füße waren schon klitschnass. Immer wieder ging er in Gedanken die Momente durch, als Liviu am Montag und Dienstag plötzlich vor ihnen aufgetaucht war. Ob sich das Warten heute lohnen würde?

Jetzt war es schon fünf vor zwölf. Ewig lange würde er hier nicht mehr sitzen bleiben.

«I don't want to wait here any longer», verkündete Emily schließlich und stand auf.

«Ich auch nicht», murmelte Tobias.

«Shall we go up Killiney Hill again?», fragte David.

Emily schüttelte den Kopf. «Let's take the road. It's quicker.»

«And what shall we do if Mum or Stefan or whoever sees us there?»

«I'm sure they're all at home.»

Sie hatten gerade den Steinbruch verlassen, als Tobias sah, wie ein Mann mit Bürstenhaarschnitt und schwarzer Lederjacke aus einem Geländewagen stieg. War das nicht der Lederjackenmann?

«In Deckung!», flüsterte er Emily und David zu.

«Why?», flüsterte Emily zurück.

«Frag jetzt nicht.»

Er zog die beiden mit sich in die nächste Hauseinfahrt. Von dort konnten sie genau beobachten, wie der Mann eine Wagentür öffnete und ein Schäferhund heraussprang. Dann gingen sie in den Steinbruch.

«Das ist er, der Lederjackenmann!»

«But what is he doing here?», fragte David.

«He might just be taking his dog for a walk», antwortete Emily.

«Oder er ist Liviu auf der Spur», sagte Tobias. «Er war doch gestern so sauer, dass Liviu ihm nicht genug Geld gebracht hat.»

«One of the other boys might have told him that Liviu sometimes goes to the quarry», überlegte David.

«I hope he doesn't find the blue plastic bag», seufzte Emily.

«Das hoffe ich auch.»

«But his dog might find it, just as Oscar did.»

«We have to warn Liviu straight away!», sagte Emily. «Let's take the DART into town and try to find him there.»

In dem Augenblick klingelte Tobias' Handy.

Mama! Ausgerechnet jetzt.

«Wo seid ihr?»

«... In Dalkey. Warum?»

«Tante Anna und ich möchten nicht, dass ihr noch länger bei dem Regen durch die Gegend lauft.»

«So schlimm ist es doch gar nicht.»

«Kommt jetzt bitte nach Hause.»

«Mama!»

«Keine Diskussion!»

«Aber –» Tobias schüttelte den Kopf. «Aufgelegt! So was Blödes!»

Als nächstes klingelte Emilys Handy. Es war natürlich Tante Anna.

«I really don't understand why you want us to come home only because it's raining», protestierte Emily.

Aber es half nichts. Die Mütter hatten sich gegen sie verschworen.

«Dann müssen wir eben die Fahrt in die Stadt auf morgen verschieben», sagte Tobias enttäuscht und warf noch einen Blick zurück in den Steinbruch, bevor sie sich auf den Nachhauseweg machten.

Nie hätte er gedacht, dass er dem Lederjackenmann so schnell wiederbegegnen würde!

Where Could They Live?

Als sie nach Hause kamen, lief Oscar aufgeregt schnüffelnd um sie herum. Ob er riechen konnte, dass sie im Steinbruch gewesen waren?

«Kinder, ihr seid ja völlig durchnässt!», rief Tante Anna entsetzt. «Warum seid ihr nicht irgendwo reingegangen? Zum Beispiel in die Bücherei!»

«I like rain!», verkündete Emily.

«Me, too», stimmte David ihr zu.

«Das ist ja was ganz Neues!»

«Zieht euch schnell um!», sagte Mama. «Sonst werdet ihr noch krank!»

«Quatsch!», meinte Tobias und streichelte Oscars Rücken. «So 'n bisschen Regen macht uns doch nichts aus.»

«Du musst nicht immer alles besser wissen wollen!»

Jetzt klang sie richtig ärgerlich.

«Henrik auch Regen gern», rief Henrik und strahlte.

«Das war ja schon fast 'n vollständiger Satz», meinte Stefan und nahm Henrik auf den Arm. «Wollen wir raus in den Regen?»

Mama rollte die Augen. «Ich geb's auf! Wenn die Kinder krank werden, darfst du sie pflegen!»

Nachdem sie sich schließlich doch alle drei umgezogen hatten, gab's eine Riesenportion Spaghetti. Während Tobias aß, ging ihm Liviu nicht aus dem Kopf. Wenn er bloß wüsste, wie sie ihm helfen könnten!

«Warum seid ihr plötzlich so still?», fragte Tante Anna. «Habt ihr euch gestritten?»

«We're just hungry», antwortete Emily. «What did you do this morning?»

Gut abgelenkt!

«Wir waren in der Stadt. Da war mal wieder die Hölle los!»

«Großer bunter Clown!», rief Henrik und klatschte in die Hände.

Tobias wollte schon sagen, dass er diesen Clown auch kannte, aber er konnte sich gerade noch bremsen.

«Es war ein Clown auf Stelzen», erklärte Mama. «Der war wirklich witzig!»

Von wegen witzig. Er hatte ihn verfolgt, dieser lästige Clown.

«Außerdem haben wir einen Einsatz der Polizei beobachtet», erzählte Stefan. «Zwei Beamte haben einen Taschendieb geschnappt. Der war noch ganz jung.»

Tobias starrte auf seinen Teller. Hatten sie etwa Liviu erwischt? Dann wäre alles zu spät!

«What did the boy look like?», fragte Emily.

«Er war klein und dünn und sicher nicht älter als sechs oder sieben.»

Dann konnte es nicht Liviu sein, dachte Tobias erleichtert. Und auch nicht einer der anderen Jungen. Die waren alle älter gewesen.

«Seit wann interessierst du dich denn für Taschendiebe?», fragte Tante Anna misstrauisch.

Oh, nee!

«We talked about pickpockets in school the other day», antwortete Emily, ohne die Miene zu verziehen. «They're getting younger and younger.»

Mama nickte. «Das ist in Deutschland genauso.»

«Ich habe neulich in der Zeitung einen Artikel darüber gelesen», sagte Stefan. «Es gibt inzwischen überall in Europa Banden, die die Notlage von Kindern ausnutzen und sogenannte Klaukinder aus ihnen machen. Das heißt, sie bringen ihnen Tricks und Kniffe bei, wie sie möglichst geschickt stehlen können.»

Genau so eine Bande hatten sie entdeckt!, dachte Tobias aufgeregt.

«Einige dieser Kinder haben keine Eltern mehr, oder die Eltern sind im Gefängnis oder drogenabhängig. Manche Familien leben auch illegal in einem Land und haben nicht genug Geld, um sich zu ernähren.»

«In einigen Fällen zwingen Eltern sogar ihre eigenen Kinder zum Stehlen», fügte Mama hinzu.

«And where do these ‹Klaukinder› live if they don't live with their parents any more?», fragte David.

«Die Bandenbosse bringen sie in verwahrlosten Wohnungen oder Häusern unter», antwortete Stefan. «Die Kinder bekommen schlechtes Essen und werden geschlagen, wenn sie nicht genug Geld herbeischaffen.»

«How awful!», rief Emily, ohne sich etwas anmerken zu lassen.

«Ja», sagte Stefan. «Es ist sehr schwierig, die Banden auffliegen zu lassen, weil sie die Unterkünfte ständig wechseln. Meistens leben die Bandenbosse auch ganz woanders. Und die jungen Diebe sind so flink, dass sie der Polizei immer wieder entkommen.»

«Die Kinder können einem wirklich leidtun», seufzte Tante Anna. «Sie haben gar keine Kindheit.»

«Henrik Eis!», rief Henrik in dem Moment und klopfte mit seinem Löffel auf den Tisch.

«Du hast ja recht», meinte Tante Anna und strich ihm über den Kopf. «Zeit für den Nachtisch.»

«I hope our Mums didn't notice anything», sagte David, als sie später bei ihm im Zimmer saßen.

«Das hoffe ich auch», murmelte Tobias.

«I had to ask Stefan what the boy looked like», verteidigte sich Emily. «If it had been Liviu –»

«– I know», unterbrach David sie. «Just as well you came up with that story about discussing pickpockets at school.»

«If we only knew where the boys live!», seufzte Emily und drehte an ihrem Pferdeschwanz.

«Vielleicht nicht so weit vom Steinbruch entfernt», meinte Tobias. «Sonst würde Liviu dort sein Geld nicht verstecken.»

David schüttelte den Kopf. «I think they live somewhere on the Northside.»

«Wo ist das?»

«That's the area on the other side of the river», erklärte Emily.

«Du meinst die Gegend mit dem Hinterhof, wo Liviu das Geld abgeliefert hat?»

Sie nickte.

«Aber von da ist der Steinbruch so weit entfernt! Warum sollte er jedes Mal ans andere Ende der Stadt fahren, wenn er Geld verstecken will?»

«Because he wants to hide the money as far away as possible from the two men», antwortete David.

«And he uses the time on the DART to steal even more money», sagte Emily.

«Ich weiß nicht ...»

«Tomorrow we'll go into town and try to find Liviu», schlug David vor. «And then we'll ask him where he and the other boys live.»

«He'll never tell us!», rief Emily.

«Da bin ich nicht so sicher ...» Tobias stand auf und ging ans Fenster. Es regnete immer noch.

Vielleicht wäre Liviu froh, wenn er mal mit jemandem reden könnte.

Würde er gleich vor ihnen weglaufen?

Als die *3 Spürnasen* am nächsten Tag in der Fußgängerzone ankamen, herrschte dort wieder so ein Gedränge wie am Mittwoch. Aber den Clown auf Stelzen sah Tobias natürlich sofort. Und der sah ihn auch.

«Hello! Nice to see you again!», rief er und stolzierte auf ihn zu.

«Los, weg hier!», zischte Tobias den anderen zu und lief in das Kaufhaus, in dem er vorgestern schon gewesen war.

«How come you know the clown?», fragte Emily verblüfft.

«Er hat mich neulich verfolgt und mir blöde Fragen gestellt. Das kann ich nicht haben.»

«And I can't stand the smell of all this perfume!», stöhnte David. «Let's go out again.»

«Es gibt einen zweiten Ausgang», sagte Tobias. «Durch den bin ich vorgestern auch gegangen. Und da hab ich Liviu entdeckt.»

«Great. Perhaps we'll find him there.»

Und tatsächlich! Es dauerte nicht lange, da tauchte Liviu zwischen zwei parkenden Autos auf. Sie konnten genau sehen, wie er sich neben eine Gruppe japanischer Touristen stellte und kurz darauf einer jüngeren Frau das Portemonnaie aus der Handtasche zog. Bevor irgendjemand etwas davon bemerkte, war er längst wieder zwischen den Autos verschwunden.

«I still don't know how he does it», flüsterte David.

«Es klappt nur, weil's so voll ist», flüsterte Tobias zurück.

«He's so quick!»

«Shall we try and talk to him?», fragte Emily.

«Ja, aber wie wollen wir das machen?»

«I could go to the cars where he's sitting and call him by his name.»

«He might run away immediately», sagte David.

«Not if I tell him that we saw the man in the leather jacket go into the quarry with his dog.»

«Aber du musst ihm auch sagen, dass wir ihm helfen wollen», fügte Tobias hinzu.

«I'll try ...»

«And what shall we do if one of the two men suddenly turns up and sees you talking to Liviu?», fragte David.

«You'll have to watch out!», antwortete Emily. «And if you notice one of the men we'll have to run!»

«Liviu ist gerade wieder losgezogen, um was zu klauen», flüsterte Tobias und deutete mit dem Kopf auf ein paar alte Damen, die vor dem Juweliergeschäft standen und sich die Schaufenster ansahen.

«Hide between the cars and wait for him», sagte David zu Emily.

«Okay!»

Sie kauerte sich zwischen die beiden parkenden Autos. Und dann warteten sie.

Diesmal gelang es Liviu nicht, etwas zu stehlen, weil die alten Damen ihre Handtaschen fest an sich pressten und schließlich weitergingen.

Erst als eine Gruppe ausländischer Jugendlicher vorbeikam, klaute Liviu wieder ein Portemonnaie aus einem Rucksack.

«It's so mean!», murmelte David.

Tobias nickte. Aber er war trotzdem nicht sauer auf Liviu, sondern nur auf die Bandenbosse, die ihn zum Stehlen zwangen.

Plötzlich bekam er von David einen Knuff in die Seite. «Look! He's right here ...»

Tobias drehte sich um, und dann sah er Liviu! Er stand in einem Hauseingang, höchstens fünf Meter von ihnen entfernt, und beobachtete jemanden auf der Straße.

«There's a police officer over there», flüsterte David.

Ah, deshalb hatte Liviu sich nicht zwischen den Autos versteckt.

«Shall we talk to him?»

«Ja ...»

Tobias' Herz klopfte, als sie auf den Hauseingang zugingen. Würde er gleich vor ihnen weglaufen?

BAR

«Liviu?», sagte er leise.

Livius Kopf schoss herum, und dann starrte er ihn an. Ob er ihn wiedererkannte von dem kurzen Moment im Steinbruch, als sie sich durchs Gebüsch angesehen hatten?

«We have come to warn you», flüsterte David.

«Get lost!», fauchte Liviu.

Seine Stimme klang rau, und seine Augen funkelten wütend. Gut, dass sie zu zweit waren, dachte Tobias. Mit jemandem wie Liviu würde er sich nicht gern allein anlegen.

«The man in the leather jacket went to the quarry yesterday with his dog», fuhr David fort.

Liviu schlug vor Schreck die Hand vor den Mund und sah auf einmal gar nicht mehr wütend aus.

«There'll be trouble ... if the man finds the money ... in the blue plastic bag ...», sagte Tobias.

«Oh, no! Please ...»

«We want ... to help you!»

Liviu blickte wieder zu dem Polizisten hinüber. Tobias sah, dass er zitterte.

«Where do you live?», fragte David.

Liviu schaute auf seine Füße. Er durfte bestimmt nicht sagen, wo er wohnte.

«Is it ... somewhere in Dalkey?», versuchte Tobias es nochmal.

Da nickte er und flüsterte: «Don't ... tell ... anybody!»

«No, we won't», sagte David.

Im nächsten Augenblick schob sich Liviu an ihnen vorbei und verschwand blitzschnell in einer Seitenstraße.

«Were you talking to the boy who just ran away?», fragte da eine strenge Stimme.

Es war der Polizist. Tobias stieg das Blut in den Kopf.

«Yes, we were», antwortete David, ohne zu zögern. «He asked us where the next DART station is.»

«Be careful! There're lots of pickpockets around. He might be one of them.»

«Thank you.»

Kaum war der Polizist weitergegangen, als Emily neben ihnen auftauchte.

«Phew! That was close!»

Tobias nickte.

«Did you find out anything?»

«Ja. Wir wissen jetzt, dass Liviu in Dalkey wohnt.»

«Really?», staunte Emily. «That's great!!!»

Fragt sich nur, wo in Dalkey, dachte Tobias. Aber das würden sie auch noch herausfinden.

Why Didn't I Think of That Before?!

Nach dem Mittagessen radelten sie durch Dalkey, auf der Suche nach einem verwahrlosten Haus, in dem die Klaukinder wohnen könnten. Aber Dalkey war keine Gegend für solche Häuser.

«Es muss ja nicht verwahrlost sein», sagte Tobias, als sie irgendwann anhielten und überlegten, in welche Richtung sie weiterfahren sollten. «Hauptsache, es steht leer.»

«Hey, I know where we could go and have a look!», sagte David plötzlich. «There's an empty house not far from Cats' Ladder!»

«Really?», fragte Emily. «I've never seen that.»

«Mum and I walked past it when we took Oscar for a walk some time ago. She said it was a pity that it was empty because one had the view of the sea from up there.»

«Nichts wie hin!», sagte Tobias und stieg auf sein Rad.

Wieder ging es ein paar steile Straßen hinauf.

«Why does Dalkey have to be so hilly!», keuchte David hinter ihm.

«Du schaffst es!», rief Tobias ihm zu.

Und diesmal musste David tatsächlich nicht absteigen. Ein paar Minuten später hielt er an und zeigte auf ein kleines Haus auf der linken Straßenseite. «That's it!»

Es war kein freistehendes Haus, sondern die Hälfte eines Doppelhauses. Die andere Hälfte war frisch gestrichen, und im Vorgarten blühten viele Blumen. Bei dem leeren Haus blätterte die Farbe ab, und überall wucherte Unkraut. Die Fensterläden waren geschlossen. Schade, dachte Tobias. Er hätte gern hineingesehen.

«Is anybody watching us?», fragte Emily leise.

Tobias schaute sich um. Er konnte niemanden entdecken.

«Then I'll go and see if the door is open.»

War sie natürlich nicht. Das hätte Tobias auch gewundert.

«Do you know what?», sagte Emily leise und zeigte auf die andere Doppelhaushälfte. «I don't think the gang would let the children stay here overnight. The neighbours would hear them and call the police.»

«That's true!», meinte David. «It would be too dangerous for the gang.»

«Gibt's nicht irgendwo hier ein freistehendes Haus, das nicht mehr bewohnt ist?», fragte Tobias.

Die beiden überlegten, und auf einmal schlug sich Emily mit der flachen Hand gegen die Stirn. «Why didn't I think of that before?! There's an empty house not far from the old quarry!»

Sie schwangen sich auf ihre Räder und radelten los. Schon nach kurzer Zeit hatten sie ihr Ziel erreicht.

Das Haus stand auf einem kleinen Hügel. Die Fenster waren mit Holzplatten verrammelt, und im Dach war ein Riesenloch.

«Das sieht richtig schlimm aus», murmelte Tobias.

Emily nickte und zeigte auf den hohen Bauzaun, der rund um das Haus aufgestellt worden war. «It'll probably be pulled down fairly soon.»

«Wouldn't it be quite difficult to get over the fence?», fragte David.

«Perhaps there's a hole somewhere», antwortete Emily. «I'll have a look at the back.»

Sie verschwand hinterm Haus. Und als sie kurz darauf wiederauftauchte, hatte sie tatsächlich ein Loch im Bauzaun entdeckt, breit genug für ein Kind und auch für einen dünnen Erwachsenen. Und der Lederjackenmann war dünn!

«I also noticed that the wood has been removed from one of the windows at the back», sagte Emily. «The children could easily climb into the house!»

«And what about the neighbours?», fragte David und deutete mit dem Kopf auf die gegenüberliegenden Häuser.

«Ich glaub nicht, dass die Nachbarn was davon mitkriegen würden», antwortete Tobias. «Die Kinder gehen bestimmt morgens ganz früh aus dem Haus und kommen abends spät zurück. Und Licht gibt's sicher auch nicht.»

«And there're no houses at the back», fügte Emily hinzu. «Just the old quarry.»

David schien noch nicht ganz überzeugt zu sein. «Neighbours can be very curious!»

«I'm sure the gang leaders are very careful. They'll let the children stay here for a couple of weeks and then they'll find another derelict house for them.»

«‹Derelict›? Heißt das baufällig?», fragte Tobias.

Emily nickte.

«Die Bandenbosse wohnen wahrscheinlich in einem richtig schönen Haus», überlegte Tobias weiter. «Und die Miete bezahlen sie von dem Geld, das die Kinder für sie klauen.»

«That's so unfair!», schimpfte David.

«Warum laufen die Kinder nicht einfach weg?»

«Probably because they've nowhere else to go», antwortete Emily. «They would have to sleep rough.»

«Das hab ich nicht verstanden: ‹to sleep rough›.»

«Sie … müssten auf der Straße hausen», übersetzte David.

«Shall we climb into the house and see if we can find any sleeping bags or food?», fragte Emily mit glänzenden Augen.

Tobias runzelte die Stirn. Das Dach sah so aus, als könnte es jeden Moment weiter einstürzen.

David schien von der Idee seiner Schwester auch nicht gerade begeistert zu sein.

«But we need proof that this is the right house!», versuchte Emily sie zu überreden.

«Let's come back after supper and watch the house», schlug David vor. «If we see the children climbing through the open window we'll know it's the right place.»

«Aber neulich hat der Lederjackenmann die Kinder für neun Uhr bestellt», wandte Tobias ein. «Glaubst du, dass wir so spät noch rausdürfen?»

«If we take Oscar for a walk, we might be able to go!»

«I doubt it», sagte Emily.

Und sie hatte recht.

Als sie nach dem Abendbrot mit Oscar einen Spaziergang machen wollten, rief Tante Anna nur: «Jetzt? Um halb neun? Seid ihr verrückt geworden?»

Enttäuscht gingen sie nach oben in Davids Zimmer und machten die Tür hinter sich zu.

«We shouldn't have asked her», murmelte Emily genervt.

«Willst du dich etwa heimlich aus dem Haus schleichen?», fragte Tobias.

«That won't work», sagte David.

«If our bikes weren't in the shed, but somewhere round the corner we would be able to go», überlegte Emily. «We might arrange that for tomorrow evening.»

«And what shall we do now?», fragte David.

«Können wir mal im Internet nachgucken, was da über Rumänen steht, die in Irland leben?», fragte

Tobias. «Vielleicht kapieren wir dann besser, was mit Liviu los ist.»

David nickte und klappte seinen Laptop auf.

Er brauchte eine Weile, bis er einen Artikel zu dem Thema gefunden hatte. Leider war er so lang und so schwierig, dass Emily ihn für Tobias übersetzen musste:

«In den letzten Jahren sind ... viele Rumänen und Bulgaren ins reiche Irland gekommen, weil sie hofften, dass sie ... hier Arbeit finden würden. Aber seitdem es mit Irland ... wirtschaftlich bergab geht, haben sie es sehr schwer. Viele müssen jetzt in ihr Heimatland zurückkehren, weil sie ... ihre Arbeit verloren haben. Manche versuchen allerdings ... illegal hierzubleiben.»

«Glaubt ihr, dass das bei Livius Familie so ist?», rief Tobias aufgeregt.

«It's quite possible», antwortete David nachdenklich. «If they're here illegally, they won't get proper jobs and that means they won't have enough money to feed their children.»

«Und das könnte der Grund sein, warum Liviu ein Klaukind geworden ist. Er schlägt sich irgendwie allein durch.»

«Perhaps the money he saves in the blue plastic bag is for his family», meinte Emily.

Tobias nickte.

«And do you know what that could mean?», rief David.

«Tell us», forderte Emily ihn auf.

«Liviu doesn't want us to help him, because his family needs the money!»

«That's true!»

«Aber dann hätte er mir nicht verraten, dass er in Dalkey wohnt», wandte Tobias ein.

«That's also true», seufzte Emily. «It's really difficult!»

Inzwischen war es dunkel geworden. Wenn Tobias sich vorstellte, dass Liviu jetzt in dem Haus mit dem kaputten Dach saß, lief es ihm kalt den Rücken herunter. Sie mussten ihm irgendwie helfen!

Da ist irgendwas passiert!

«The police are looking for Liviu!»

Mit diesen Worten stürmte Emily am nächsten Morgen noch vorm Frühstück zu David und Tobias ins Zimmer.

«How do you know that?», fragte David verblüfft.

«I've just heard it on the radio! ‹Anybody who has seen twelve-year-old Liviu Nastase from Romania should contact the nearest garda station.›»

«Wahrscheinlich haben seine Eltern ihn bei der Polizei als vermisst gemeldet», überlegte Tobias.

«They didn't mention his parents.»

«Did they say how long Liviu has been missing?», fragte David.

Emily schüttelte den Kopf.

«Da ist irgendwas passiert!», sagte Tobias.

«Let's have breakfast and then go to the quarry», schlug David vor. «Perhaps Liviu will be there to put money into his blue plastic bag.»

«Okay.»

«Shall we take Oscar with us?», fragte Emily.

Tobias zögerte. «Ich weiß nicht ... Liviu hat Angst vor ihm.»

«We can tell him that he needn't be afraid of Oscar.»

«Gut, dann nehmen wir ihn mit.»

Tante Anna freute sich, dass sie mit Oscar spazieren gehen wollten. «Aber seid bitte spätestens um halb zwölf wieder da.»

«Why?»

«Because we want to go sailing!», rief Onkel Jonathan.

Oh, nee!, dachte Tobias. Ausgerechnet heute!

«Ihr seht ja nicht gerade begeistert aus», sagte Mama erstaunt.

«Doch ...»

«It's great», murmelte Emily.

Onkel Jonathan runzelte die Stirn. «What's the matter with you? The weather is marvellous! We'll have a wonderful time.»

David nickte, ohne seinen Vater anzusehen.

«Henrik Segelboot schön!», rief Henrik und strahlte.

«Na, wenigstens einer, der sich freut», meinte Tante Anna kopfschüttelnd.

«Die haben sicher was gemerkt», sagte Tobias, als sie mit Oscar in Richtung Steinbruch aufbrachen.

«I know!», stöhnte Emily. «But I couldn't help it! Today we have far more important things to do than to go sailing!»

«Hoffentlich kommt Liviu.»

«I have a feeling he might not come», sagte David. «And I have no idea what we'll do then!»

«Ich auch nicht.»

Sie rannten das letzte Stück bis zum Steinbruch. Oscar schien genau zu wissen, wohin sie wollten, denn er schlug sofort den schmalen Weg ein, der zu den Felsen führte.

Tobias' Herz klopfte, als sie sich durch das Brombeergestrüpp kämpften. Ob die blaue Plastiktüte noch da war?

«The bag is gone!», schrie Emily, die als Erste an der Felsspalte angekommen war.

«That's bad news!», seufzte David.

«Ja ...» Tobias schluckte. «Glaubt ihr, dass der Lederjackenmann Liviu erwischt hat?»

«It's possible», sagte Emily. «But it's also possible that Liviu has found a new hiding place for his money.»

«Why should he've done that?», fragte David. «Because he knows that we've discovered this one?»

«Ja», antwortete Tobias. «Vielleicht traut er uns nicht.»

«I don't believe that.»

«Auf jeden Fall hat's keinen Zweck, hier länger auf Liviu zu warten.»

«That's true.»

Sie wollten gerade gehen, als Oscar ein altes T-Shirt im Gebüsch entdeckte.

«That's the T-shirt Liviu kept his money in!», rief Emily.

«Liegt da auch noch Geld unter dem Busch?», fragte Tobias.

David suchte den Boden ab, fand aber nichts.

«If Liviu had put his money somewhere else, he wouldn't have thrown away the T-shirt», sagte Emily.

Tobias nickte. «Das heißt, dass der Lederjackenmann Livius Geld gefunden hat. So ein Mist!»

«What shall we do now?», fragte David.

«Lasst uns das T-Shirt mitnehmen.»

Emily verzog vor Ekel das Gesicht. «It looks horrible!»

«Das macht nichts! Es riecht bestimmt noch nach Liviu!»

«So what?»

«Damit kann Oscar Livius Spur aufnehmen. Das hat meine Mutter ihm irgendwann im letzten Sommer beigebracht.»

«Yes, you're right! I didn't think of Oscar!»

«That's a great idea!», sagte David und steckte das T-Shirt ein.

«Am besten gehen wir gleich zu dem Haus mit den verrammelten Fenstern», schlug Tobias vor. «Mal sehen, wie Oscar reagiert.»

«Okay! Let's go!», rief Emily.

Diesmal schlichen sie sich von hinten an das leerstehende Haus heran. Und jetzt sahen auch Tobias und David, dass von einem der Fenster die Holzplatten entfernt worden waren. Jeder konnte hier rein- und rausklettern, ohne dass es auffiel.

Vorsichtig schlüpften sie durch das Loch im Bauzaun und blieben unter dem offenen Fenster stehen. Dann lauschten sie. Drinnen war es ganz still.

David zog das T-Shirt aus seiner Tasche und hielt es Oscar unter die Nase. Er schnüffelte ausgiebig daran, aber an dem Haus schien er kein Interesse zu haben.

«Es ist bestimmt leer um diese Zeit», flüsterte Tobias.

«We have to come back tonight», flüsterte Emily. «Then we might see Liviu and the other children.»

Als sie nach Hause kamen, war es kurz vor halb zwölf. Sie schafften es gerade noch, das T-Shirt in Tobias' Reisetasche zu verstecken, bevor es zum Segeln losging.

In den nächsten Stunden versuchten sie, es sich nicht anmerken zu lassen, dass sie mit ihren Gedanken woanders waren. Aber Mama und Tante Anna konnten sie nichts vormachen.

«Ich weiß nicht, was mit den Kindern los ist», hörten sie Mama sagen. «Sie segeln doch sonst so gern.»

«Ist mir auch ein Rätsel», seufzte Tante Anna.

«Dafür gefällt's Henrik umso besser, stimmt's?», rief Stefan.

Als Antwort quietschte Henrik vor Vergnügen. Und das lenkte die Mütter erst mal wieder etwas ab.

Vor dem Abendbrot drehten die *3 Spürnasen* noch eine kleine Runde auf ihren Rädern. Anschließend brachten sie sie nicht in den Schuppen zurück, sondern ketteten sie um die Ecke vom Haus an einem Zaun an. Hoffentlich würde sie dort niemand entdecken!

«Any idea how we can get out of the house without the adults noticing it?», fragte Emily.

«Vielleicht müssen wir früh ins Bett, weil's uns nicht gutgeht», antwortete Tobias grinsend. «Und wenn sie 'n paarmal nach uns geguckt haben und glauben, dass wir schlafen, schleichen wir nach draußen.»

Beim Essen verkündete Emily, dass sie furchtbar müde sei und am liebsten sofort ins Bett gehen würde.

«Du wirst doch nicht krank?», fragte Tante Anna besorgt.

Emily zuckte mit den Achseln.

«Ich bin auch müde», murmelte Tobias.

Mama legte ihm die Hand auf die Stirn. «Fieber hast du nicht.»

«There's a nasty flu virus going round», sagte Onkel Jonathan. «I hope you haven't caught it.»

«'ne Grippe?», rief Stefan. «Das fehlte gerade noch!»

«Wie ist es mit dir, David?», fragte Tante Anna.

«I'm a bit tired as well.»

«Kinder, ab ins Bett! Wir bringen euch gleich 'ne Wärmflasche.»

Emily stand als Erste auf, dann folgte David, und zuletzt ging Tobias nach oben.

«I'd never have thought that my Mum would believe us», flüsterte David.

«She's really worried.»

Sie zogen sich aus und verkrochen sich in ihren Betten. Tobias überlegte, dass er nachher seine Reisetasche unter die Bettdecke stopfen würde, damit es so aussah, als ob er darunter schlief.

Fünf Minuten später kamen Mama und Tante Anna und brachten ihnen Wärmflaschen und Pfefferminztee. Den mochte er zwar nicht so gern, aber er trank ihn trotzdem.

«Und jetzt schlaft gut», sagte Mama. «Vielleicht seid ihr morgen früh schon wieder gesund.»

«Hm ...», brummte Tobias unter seiner Decke.

Kaum waren die Mütter gegangen, als er David flüstern hörte: «It's ten past eight. We have to leave at twenty to nine at the latest.»

«Okay ...»

Emilys Zimmer hatte einen Balkon mit einer Treppe, die in den Garten hinunterführte. Wenn sie Glück hatten, würde niemand merken, dass sie das Haus gleich für kurze Zeit verlassen würden.

«Tobias?»

Das war Mama. Hatte er's doch geahnt, dass sie nochmal wiederkommen würde!

«Er schläft tief und fest», flüsterte sie.

«Und David?», fragte Tante Anna.

«Der auch.»

Die Treppe knarrte, als die Mütter wieder nach unten gingen.

Um halb neun standen Tobias und David leise auf und zogen sich an. Emily wartete schon auf sie.

«Oscar, you stay here», flüsterte sie und öffnete die Balkontür. «We'll be back soon.»

Es war alles viel einfacher, als Tobias gedacht hatte. Ruck, zuck waren sie im Garten, und kurz darauf schwangen sie sich auf ihre Räder und radelten zum Haus mit den verrammelten Fenstern.

Sie fanden schnell einen Beobachtungsposten, von dem aus sie das offene Fenster genau im Blick hatten. Und dann begann das Warten.

Wie gut, dass es in Irland abends länger hell bleibt!, dachte Tobias. Sonst würden sie gar nichts erkennen können. Noch schien keiner da zu sein.

«Look!», flüsterte David in dem Moment.

Stimmt! Da hatte sich etwas bewegt.

Es war der dünne blonde Junge aus dem Hinterhof! «Wir haben das richtige Haus gefunden», flüsterte Tobias.

Der Junge kroch durch das Loch im Bauzaun und kletterte ins Haus hinein.

Als Nächster kam der kleine schwarzhaarige Jun-

ge, der von dem Lederjackenmann eine Ohrfeige bekommen hatte, und verschwand ebenfalls im Haus.

«Can you see Liviu?», flüsterte Emily.

Tobias schüttelte den Kopf.

Sie sahen noch drei andere Jungen ins Haus klettern, aber Liviu war nicht dabei.

Plötzlich hörten sie einen Wagen. Ob das der Lederjackenmann war? Der Hund!, schoss es Tobias durch den Kopf. Er hatte nicht an den Schäferhund gedacht! Wenn der anfing zu bellen, waren sie dran!

Es war tatsächlich der Lederjackenmann. Er hatte zwei schwere Plastiktüten in der Hand. Vielleicht war darin etwas zu essen für die Jungen.

«I'm glad he left his dog in the car», flüsterte David.

«Ich auch.»

Inzwischen war der Lederjackenmann ebenfalls im Haus verschwunden.

«Wahrscheinlich darf Liviu jetzt nicht mehr für ihn arbeiten, weil er Geld für sich abgezweigt hat», überlegte Tobias.

«Or the man also heard on the news that the police are looking for Liviu and he has locked him in somewhere else», meinte Emily.

David nickte. «Things have become quite dangerous for the man in the leather jacket! If the police find Liviu he'll tell them about the gang.»

«Aber wo könnte er Liviu eingesperrt haben?», fragte Tobias.

«And who has given Liviu's name to the police?», fragte Emily.

«We'll think about that tomorrow», sagte David. «Let's go home before the man comes back.»

Als sie auf ihre Räder stiegen, fing der Schäferhund im Geländewagen an zu bellen. Aber ein paar Sekunden später waren sie schon um die Kurve verschwunden. Erst jetzt merkte Tobias, dass er ganz nassgeschwitzt war.

You Could Be Right!

*O*scar wedelte freudig mit dem Schwanz, als sie in Emilys Zimmer zurückkamen. Sonst hatte niemand bemerkt, dass sie eine Stunde weg gewesen waren.

Tobias konnte lange nicht einschlafen. Immer wieder kreisten seine Gedanken um Liviu. Was hatte der Lederjackenmann mit ihm gemacht?

«Geht's dir besser?», fragte Mama, als er am nächsten Morgen in den Wintergarten kam.

«Ja ...»

«Und David?»

«Ich weiß nicht ... Er schläft noch.»

«Emily auch», wunderte sich Tante Anna. «Vielleicht haben sie tatsächlich eine Grippe!»

Doch als die beiden zehn Minuten später zum Frühstück erschienen und viel Hunger hatten, konnten sie ihre Mutter schnell davon überzeugen, dass sie nicht krank waren.

«Als wir heute Morgen mit Oscar draußen waren, ist uns etwas Merkwürdiges aufgefallen», sagte Mama und schaute sie der Reihe nach an. «Eure Fahrräder waren um die Ecke am Zaun angekettet.»

«Oh, no!», rief Emily. «We forgot to put them in the shed!»

Sie klang so erschrocken, dass man ihr einfach glauben musste, dachte Tobias und starrte auf seine Hände.

«Ihr habt Glück gehabt, dass sie nicht geklaut worden sind», meinte Tante Anna vorwurfsvoll.

«Sorry, Mum», murmelte David.

«It won't happen again!», rief Emily zerknirscht.

«Fahrrad Kinder weg?», fragte Henrik und sah auf einmal ganz traurig aus.

«Nein, aber es hätte leicht passieren können», beruhigte Stefan ihn.

Tobias wünschte, Emily und David würden sich mit dem Frühstück beeilen, damit sie nach oben gehen und gemeinsam überlegen könnten, was sie jetzt unternehmen wollten.

Plötzlich fiel sein Blick auf das Nachbarhaus. Dort wurden gerade von innen die Fensterläden geöffnet. In Tobias' Kopf überstürzten sich die Gedanken. Wo hatte er zuletzt solche Fensterläden gesehen? Ja, genau! In dem leerstehenden Haus in der Nähe der Katzenleiter, dieser Doppelhaushälfte mit dem Garten voller Unkraut! Könnte es sein, dass Liviu dort gefangen gehalten wurde? Den Nachbarn in der anderen Doppelhaushälfte würde das nicht auffallen, weil der Lederjackenmann Liviu bestimmt gefesselt und geknebelt hatte.

«Tobias?»

Er zuckte zusammen. «Ja?»

Mama sah ihn stirnrunzelnd an. «Ich habe dich gefragt, ob du auch mit schwimmen gehen möchtest.»

«... Nein, ich ... später vielleicht.»

Er stand auf und lief nach oben in Davids Zimmer. Hoffentlich würden die anderen bald kommen, damit er ihnen von seiner Idee erzählen konnte.

«You could be right», sagte Emily nachdenklich. «We should go up to the house and take Oscar with us.»

«And Liviu's T-shirt», fügte David hinzu.

Erst brachten sie schnell die Räder in den Schuppen, dann zogen sie mit Oscar los.

Als sie oben vor dem Haus angekommen waren, hatte Tobias auf einmal wieder Zweifel. «Wie soll der Lederjackenmann Liviu hier reingebracht haben, ohne dass jemand die beiden gesehen hat?»

«At night nobody would have noticed them», antwortete Emily.

«He might have gone in at the back», meinte David. «Perhaps there's an open window, just like at the other house.»

«I'll have a look», verkündete Emily.

«Aber nicht allein reingehen!», rief Tobias.

«No, I won't.»

Es dauerte nicht lange, bis sie wiederauftauchte. Ihre Augen leuchteten. «One can't see or hear anything. But there's a side-door with a very new lock!»

«Ein Fall für Oscar», sagte Tobias und ließ Oscar an

Livius T-Shirt schnüffeln. «Jetzt bin ich gespannt!»

Sie bogen um die Hausecke und gingen langsam auf die Seitentür zu. Plötzlich machte Oscar einen Satz nach vorn, sprang an der Tür hoch und fing an zu bellen.

«Er hat ihn gerochen!» Tobias' Kehle war ganz trocken vor Aufregung.

«I can't believe it!», rief Emily und zeigte auf Oscar, der jetzt wie wild an der Tür kratzte.

David zog sein Handy aus der Tasche. «I'll call the police!»

Aber Oscar bellte so laut, dass David zurück auf die Straße gehen musste, um telefonieren zu können.

«I hope Liviu is all right!», rief Emily und versuchte vergeblich, Oscar zu beruhigen.

«Das hoffe ich auch», murmelte Tobias.

Je länger sie hier warten mussten, desto größer wurde seine Angst.

«What are you doing there? Can't you tell your dog to stop barking?!», ertönte da hinter ihnen eine krächzende Stimme.

Es war ein alter Mann, der am Gartenzaun stand und sie misstrauisch ansah.

«We're waiting for the police», antwortete Emily.

«The police? Why's that?»

«Because ... there's somebody in the house.»

Der alte Mann schüttelte energisch den Kopf. «That house has been empty for more than three years!»

«It's not empty at the moment! That's why our dog keeps barking», erklärte Emily.

«Nonsense!», schimpfte der alte Mann und ging in sein Haus zurück.

«Der wird sich noch wundern!», sagte Tobias.

In dem Augenblick kam David auf sie zugelaufen. «The police are on their way!»

«Did they say how long it'll take them?», fragte Emily.

«No more than a couple of minutes.»

Nach fünf Minuten hielt ein Polizeiwagen vorm Haus, und zwei Beamte sprangen heraus.

«Please go back to the front of the house!», sagte der eine.

«And put your dog on the leash!», befahl der andere.

Die *3 Spürnasen* versuchten gar nicht erst, den Polizisten zu erklären, dass Oscar nicht gefährlich sei.

Sie legten ihn an die Leine und gingen zurück zur Vorderseite des Hauses. Oscar bellte noch ein paarmal, dann war er ruhig.

«I'm sure they've opened the lock», sagte Emily. «Now they're probably going into the house.»

«Fingers crossed!», murmelte David.

Ja, auch Tobias drückte fest die Daumen, dass es Liviu gutging.

«Can you tell me why the police are breaking into the house?»

Da war er wieder, der alte Mann mit seiner krächzenden Stimme!

«We told you that there's somebody in the house!», antwortete Emily genervt.

«But that's impossible! The house has been empty –»

«– It's not empty!», unterbrach ihn David.

Da war er endlich still.

«Why does it take the police so long to come out with Liviu?», fragte Emily ungeduldig.

In dem Moment hörten sie ein Martinshorn!

«Oh, they must have called the ambulance!», rief David erschrocken.

Das bedeutete, dass Liviu verletzt war, schoss es Tobias durch den Kopf.

Der Notarztwagen hielt mit quietschenden Bremsen. Zwei Sanitäter holten eine Trage aus dem Wagen und rannten an ihnen vorbei zum Seiteneingang des Hauses.

Tobias bekam es plötzlich mit der Angst.

«There they are!», rief Emily.

Die Sanitäter trugen Liviu auf ihrer Trage zum Wagen. Sein Gesicht kam Tobias noch blasser vor als in den letzten Tagen. Aber er hatte die Augen offen und schien ihn sogar zu erkennen, denn er machte eine Handbewegung, als wolle er ihm zuwinken.

«We have to talk!», sagte jetzt der strenge Polizist. «How did you know that a boy was kept in that house? Tied up and gagged!»

«Was heißt das?», flüsterte Tobias.

«... Gefesselt und geknebelt», übersetzte Emily.

«Our cousin is German», erklärte David.

«I asked you a question!», rief der Polizist ärgerlich.

«Is Liviu hurt?», fragte Emily, statt ihm eine Antwort zu geben.

Der Polizist starrte sie fassungslos an. «How come you know it's that Romanian boy?»

«Please, tell us!»

«He seems quite weak», antwortete der andere Polizist. «But that might be because he hasn't had anything to eat for quite a while.»

«And now I'll be asking the questions!», rief der strenge Polizist. «You have to come with us.»

Das wird 'ne Weile dauern, dachte Tobias, als sie in den Polizeiwagen stiegen, um zur Wache zu fahren.

Zwischendurch würde er Mama mal anrufen müssen.

Sie waren so verzweifelt!

*A*uf der Wache erzählten die *3 Spürnasen* den beiden Beamten, was sie in den letzten Tagen alles herausbekommen hatten.

Oscar saß geduldig neben ihnen und freute sich, als er irgendwann eine Schale mit Wasser bekam.

«You should have told us about the gang a lot earlier instead of playing detectives!», sagte der strenge Polizist kopfschüttelnd. «Didn't you realize how dangerous these people are?»

«We thought nobody would believe us that Liviu is innocent», antwortete Emily.

Innocent? Das hieß wahrscheinlich ‹unschuldig›, dachte Tobias.

«Why not?», fragte der andere Polizist.

«Because Liviu kept some of the stolen money for himself», antwortete David.

«You might be right there», gab er zögernd zu.

«I don't agree with you!», widersprach ihm der strenge Polizist. «These observations would've been very useful! For months we've been trying to catch this gang! They're so clever! Every couple of weeks they move the kids to another derelict house!»

«Do you know who reported Liviu missing?», fragte Emily.

«We can't tell you that! It's a very complicated situation», sagte der andere Polizist. «And now you'd better ring your parents! They might be quite worried.»

Alle kamen zur Polizeiwache, um sie abzuholen: Mama, Tante Anna, Onkel Jonathan und Stefan mit Henrik.

«Ich kann's immer noch nicht fassen!», rief Mama wütend. «Verbrecher zu jagen ist kein Kinderspiel!»

«Henrik auch Verbrecher jagen», verkündete Henrik strahlend.

«So weit kommt das noch!», sagte Stefan und nahm Henrik auf den Arm.

«Wir behaupten nicht, dass es 'n Spiel war», murmelte Tobias.

«Ihr hattet doch versprochen, uns Bescheid zu sagen, wenn euch irgendwas merkwürdig vorkommt!», sagte Tante Anna vorwurfsvoll. «Stattdessen habt ihr euch wieder in Gefahr gebracht.»

«Yes, I must say I'm also quite shocked!», schimpfte Onkel Jonathan.

«Sorry ...», brummten Emily und David.

«So was dürft ihr nie wieder tun!», rief Mama. «Hast du gehört, Tobias?»

«Ja ...»

Die *3 Spürnasen* warfen sich betretene Blicke zu,

während Onkel Jonathan von den Beamten wissen wollte, wie sie jetzt vorgehen würden.

Der strenge Polizist antwortete, dass sie das leerstehende Haus in der Nähe des Steinbruchs beobachten würden. Und natürlich auch den Hinterhof auf der Nordseite. Falls sie Schwierigkeiten hätten, die Bandenbosse zu finden, würden sie sich eventuell nochmal an Tobias wenden.

«I'm sure we'll catch the gang leaders today», sagte der andere.

«And what will happen to the children?», fragte Emily.

«They'll probably be put into care.»

«Das hab ich nicht verstanden», sagte Tobias.

«Sie kommen vermutlich in ein Heim», übersetzte Mama.

«Could you please tell us in which hospital we can find Liviu?», fragte David, bevor sie gingen.

Tobias merkte, dass der strenge Polizist es ihnen nicht sagen wollte, aber der andere brummte etwas von Dun Laoghaire. Dort war auch der Segelhafen.

Als sie die Polizeiwache verlassen hatten, fragte Emily sofort, ob sie Liviu später im Krankenhaus besuchen dürften.

«Ich hab mir schon gedacht, dass ihr das gern tun würdet», antwortete Tante Anna. «Aber wir müssen erst mal anrufen, um zu hören, wie's Liviu geht und ab wann er Besuch bekommen darf.»

Die *3 Spürnasen* konnten es kaum erwarten, bis sie

zu Hause waren und Tante Anna mit einem Arzt im Krankenhaus telefoniert hatte.

Sie sah sehr ernst aus, als sie sich nach dem Gespräch an die Kinder wandte.

«Heute kommt ein Besuch noch nicht in Frage.»

«Why not?», rief Emily erschrocken. «I'm sure Liviu would like to see us.»

«Ja, das kann gut sein, aber leider ist die Situation sehr schwierig.»

Das hatte der Polizist auch gesagt, dachte Tobias. Warum wollte ihnen keiner erklären, was los war?

«Liviu wird jetzt erst mal mit einem Sozialarbeiter reden.»

«And where are his parents?», fragte David.

«Das konnte der Arzt mir nicht sagen», antwortete Tante Anna.

«Vielleicht wollen seine Eltern nichts mehr mit ihm zu tun haben», sagte Tobias.

«Das kann natürlich sein», seufzte Tante Anna. «Wir müssen es abwarten.»

Doch das war leichter gesagt als getan. Um sich abzulenken, fuhren sie nachmittags alle zusammen in die Wicklow-Berge und machten dort mit Oscar eine lange Wanderung. Aber in Gedanken waren sie immer bei Liviu.

«Ob die Polizei die Bandenbosse schnappen wird?», fragte Tobias, als sie abends im Bett lagen.

«I hope so», antwortete David. «What's the time?»

«Fünf vor neun!»

«Do you think the man in the leather jacket might have gone back to the house where we found Liviu?»

«Kann sein.» Tobias drehte sich auf den Rücken. Durchs Fenster sah er den Mond. «Hoffentlich hat die Polizei das Haus den ganzen Tag lang beobachtet! Sonst würde der Lederjackenmann noch gewarnt, wenn er entdeckt, dass Liviu nicht mehr da ist.»

«It's strange that Liviu has to talk to a social worker.»

Ja, das fand Tobias auch. Vielleicht waren seine Eltern nicht mehr in Irland. Vielleicht waren sie einfach ohne ihren Sohn nach Rumänien zurückgekehrt.

«Die Polizei hat gerade angerufen», sagte Tante Anna, als die *3 Spürnasen* am nächsten Morgen in den Wintergarten kamen.

«Und?», fragte Tobias gespannt.

«Sie haben die Bandenbosse gefasst!»

«Super!!!»

«Where did they catch them?», fragte Emily aufgeregt.

«In dem leerstehenden Haus in der Nähe des Steinbruchs», antwortete Tante Anna.

«And what about the children?», rief David.

«Die Kinder sind in Sicherheit!», sagte Mama.

Tobias spürte plötzlich, wie erleichtert er war. Es hätte alles noch schiefgehen können!

«Die Polizei ist euch sehr dankbar für eure Hinweise», meinte Tante Anna. «Aber der Beamte hat mir nochmal ausdrücklich gesagt, wie gefährlich die Situation war! Wir Eltern sollten in Zukunft besser auf euch aufpassen!»

«Ich denke, wir haben uns verstanden!!» Mamas strenger Blick wanderte von einem zum anderen.

Sie nickten alle drei.

Und dann fingen sie an zu frühstücken.

«Ich habe übrigens vorhin auch schon mit dem Arzt im Krankenhaus telefoniert», sagte Tante Anna nach einer Weile.

«Really?», rief Emily. «What did he say?»

«Ihr dürft Liviu heute Nachmittag besuchen!»

«That's great!»

«Why didn't you tell us before?», fragte David entrüstet.

«Es sollte eine Überraschung sein!»

«Und wir kommen mit!», verkündete Mama.

«Das könnt ihr ruhig machen», sagte Tobias.

Hauptsache, sie würden Liviu sehen und endlich seine Geschichte erfahren.

Im Krankenhaus fragten sie sich zu der Station durch, auf der Liviu lag.

«You can't all go in», sagte die Stationsschwester, als sie sah, dass sie zu fünft waren.

Da beschlossen die Mütter, auf dem Flur zu warten.

«And you mustn't stay too long», fuhr die Schwester fort. «Liviu is still quite exhausted.»

«Das heißt ‹erschöpft›», flüsterte Mama Tobias zu.

«You'll see a man sitting next to Liviu. That's his social worker. He'll be able to answer your questions.»

Sie betraten ein Zimmer mit sechs Betten. Livius stand hinten am Fenster. Er lächelte, als sie auf ihn zugingen.

«Hi ...»

«Hi, Liviu», sagten sie und nannten nacheinander ihre Namen.

«And I'm Fintan», stellte sich der Mann in Jeans und T-Shirt vor, der an seinem Bett saß. «I've heard about the nice work you've done! Liviu doesn't know whether he'd still be alive without you.»

«Thank you», flüsterte Liviu.

In Tobias stieg auf einmal eine unbändige Wut auf den Lederjackenmann hoch. Dieser Verbrecher!

«We heard that the police caught the gang», sagte Fintan.

«Yes, they did», antwortete David. «And the other children are also safe.»

«Why did you ... steal money for the gang?», fragte Tobias.

Liviu schaute Fintan hilfesuchend an. «Please ... tell them ...»

Fintan begann, die Frage zu beantworten, aber er sprach so schnell, dass Tobias nicht alles verstehen konnte. Es ging darum, dass Liviu mit seiner Familie vor ein paar Jahren nach Irland gekommen war. Anfangs war das Leben so einfach gewesen. Seine Eltern hatten Arbeit und eine Wohnung gefunden. Aber irgendwann hatten sie ihre Arbeit wieder verloren.

Plötzlich sah Tobias, wie Emily und David Fintan entsetzt anstarrten.

«Wartet mal! Das hab ich nicht verstanden!»

«Sorry, Fintan! We have to translate for our cousin who is German», rief Emily.

«Livius Eltern ... waren so verzweifelt, dass er beschlossen hat ... sich allein durchzuschlagen», übersetzte David.

«Wie, allein?», fragte Tobias.

«Er hat angefangen ... für den Lederjackenmann zu klauen», erklärte Emily. «Ab und zu hat er seinen Eltern ... Geld gebracht. Und ... als er ihnen vor zwei Wochen wieder etwas bringen wollte ... war die Wohnung leer!»

«Die Nachbarn ... haben ihm erzählt, dass seine Eltern ein paar Tage vorher ... das Land verlassen mussten, weil sie ... illegal hier gelebt hatten», fuhr David fort. «Sie hätten ... verzweifelt nach ihm gesucht, ihn aber nicht gefunden.»

«That's when Liviu started to save money in the blue plastic bag», sagte Fintan.

«It was ... for the journey ... back to Romania», flüsterte Liviu.

Er sah aus, als ob er gleich anfangen würde zu weinen. Und auch Tobias hatte auf einmal einen Kloß im Hals. Wie konnte man Eltern dazu zwingen, ein Land ohne ihr Kind zu verlassen?!

Fintan hatte längst begonnen weiterzusprechen, aber auf Englisch war die Geschichte zu schwierig für Tobias.

«Livius Eltern sind ... fast wahnsinnig geworden, als man sie ohne Liviu nach Rumänien ... abgeschoben hat», übersetzte Emily. «Aber dann haben sie … mit Hilfe einer … Menschenrechtsorganisation die … Suchmeldung im irischen Rundfunk aufgegeben.»

«Did the man in the leather jacket hear on the news that the police were looking for you?», fragte David.

Liviu nickte. «He was … very, very angry!»

«A few hours before that his dog had found the blue plastic bag with the money in the quarry», sagte Fintan. «So the man in the leather jacket was already in a very bad mood.»

«Und hat er ihn dann in das leere Haus gebracht?», fragte Tobias.

David übersetzte seine Frage, und in dem Moment fing Liviu tatsächlich an zu weinen.

«Perhaps it's enough for today», sagte Fintan leise. «You can visit him again tomorrow.»

Sie verabschiedeten sich von Liviu und gingen langsam zu den Müttern zurück.

Mama nahm Tobias in die Arme und drückte ihn, und er war froh, dass sie erst mal keine Fragen stellte.

Thanks, Oscar!

Auf dem Weg zum Auto platzte die ganze Geschichte dann aber doch aus ihnen heraus.

Die Mütter blieben stehen und sahen die Kinder fassungslos an.

«Die Behörden haben Livius Eltern ohne ihren Sohn nach Rumänien abgeschoben?», fragte Tante Anna ungläubig.

«Yes, that's what happened!», rief Emily. «Fintan, the social worker, told us all about it!»

«Das kann ich mir nicht vorstellen!»

«Ich auch nicht!», sagte Mama.

«Es ist aber so!», rief Tobias.

«In der Suchmeldung, neulich im Radio, wurde das nicht erwähnt», entgegnete Tante Anna.

«Perhaps the police want to keep it a secret», meinte David.

«Das wäre wirklich ungeheuerlich! Ich bin gespannt, ob euer Vater was von dem Fall gehört hat!»

Als Onkel Jonathan abends aus seiner Kanzlei nach Hause kam, erzählten ihm die *3 Spürnasen* sofort, was sie im Krankenhaus erfahren hatten.

«I've never heard about anything like that!», sagte Onkel Jonathan kopfschüttelnd.

«But it's true!», riefen Emily und David. «Why don't you believe us!»

«I'll call the police!»

Es dauerte nicht lange, bis das Telefongespräch beendet war.

«You were right», seufzte Onkel Jonathan. «It's a terrible story!»

Und dann berichtete er, was die Beamten ihm gesagt hatten. Es war so kompliziert, dass Tobias auf Tante Annas Übersetzung warten musste.

«Die Polizei hat zugegeben, dass dies nicht hätte passieren dürfen. Aber ihre Beamten hätten unter großem Druck gestanden, alle illegal in Irland lebenden Familien so schnell wie möglich auszuweisen. Und Liviu sei nicht auffindbar gewesen. Seine Eltern hätten ausgesagt, dass ihr Sohn nicht mehr zu Hause wohnen würde –»

«– Aber nur weil die Eltern nicht genug Geld zum Leben hatten!», unterbrach Tobias sie. «Sonst hätte Liviu nicht angefangen, für den Lederjackenmann zu klauen.»

«Exactly!», rief Emily.

«Man wird sich bemühen, dass so etwas nicht nochmal vorkommt», beendete Tante Anna ihre Übersetzung.

«Das wollen wir hoffen!», sagte Mama.

Am nächsten Tag fuhren die *3 Spürnasen* wieder zu Liviu ins Krankenhaus. Diesmal lag er nicht mehr im Bett, sondern saß mit Fintan zusammen an einem Tisch am Ende des Flurs.

Er freute sich sehr, dass sie ihn wieder besuchten.

«Today Liviu would like to ask you a question», sagte Fintan. «How did you know that the man in the leather jacket kept him in the empty house?»

Da erzählten sie Liviu von dem alten T-Shirt, das Oscar im Gebüsch entdeckt hatte und durch das er seine Spur aufnehmen konnte.

«Is Oscar ... a black dog?», fragte Liviu.

«Yes, Oscar is a black Labrador», antwortete David.

«I ... remember him ...»

«We heard you screaming in the quarry because Oscar gave you a fright», sagte Emily.

«I'm afraid ... of dogs ... because ...» Liviu konnte plötzlich nicht weitersprechen.

«The man in the leather jacket had a dog which sometimes attacked the children», erklärte Fintan.

Tobias lief eine Gänsehaut über den Rücken, wenn er sich vorstellte, dass der Schäferhund die Kinder manchmal angegriffen hatte.

«Oscar is a very friendly dog», sagte David. «I'm sure you'd like him.»

«Perhaps ...», murmelte Liviu. «He ... helped to save me.»

Als Nächstes erfuhren sie von Fintan, dass Liviu

am Wochenende zu seinen Eltern nach Rumänien zurückkehren würde. Das Flugticket hatte er schon.

«Would you like to come and see us before you leave?», fragte Emily.

Liviu nickte. Und Tobias sah, wie seine Augen glänzten.

Sie verabredeten, dass er sie am Tag vor seiner Abreise zu Hause besuchen würde.

«Vielleicht geht einer von euch mit Oscar in die Küche, wenn Liviu kommt», schlug Tante Anna vor, als sie am Freitagnachmittag auf Liviu und Fintan warteten.

«Why?», fragte Emily.

«Damit er nicht gleich auf Liviu zustürmt und ihm einen Schrecken einjagt.»

«I'll do that», sagte David. «But I'm sure there won't be any problem.»

Endlich klingelte es. Tobias war aufgeregt. Hoffentlich würde das gutgehen!

Sie begrüßten Liviu und Fintan und nahmen sie gleich mit nach draußen in den Garten, wo Henrik herumtobte.

«That's my little brother Henrik», erklärte Tobias. «He's three.»

«I ... have a brother ... who is three», sagte Liviu leise.

«Really?», rief Emily. «And do you have other brothers or sisters?»

«One brother ... who is ten ... three sisters ... who are two ... six ... and nine years old.»

«Are they all in Romania?»

«Yes ...»

Tobias wunderte sich, warum er noch nicht auf die Idee gekommen war, dass Liviu Geschwister haben könnte.

«Where is ... Oscar?», fragte Liviu und schaute sich suchend um.

«He's in the kitchen with my brother David», antwortete Emily. «Shall I call them?»

Liviu nickte.

«David! Oscar! We're here in the garden!», rief Emily.

Jetzt griff Liviu nach Fintans Hand.

«You'll be fine», beruhigte Fintan ihn.

«Vielleicht wär's besser, wenn David Oscar an die Leine legen würde», flüsterte Tobias Emily zu.

Sie schüttelte den Kopf.

«Aber Liviu hat Angst vor ihm.»

«Oscar knows his smell. He won't jump at him.»

Und da kamen sie auch schon. Oscar rannte nicht, sondern lief langsam neben David her. Dabei wedelte er mit dem Schwanz.

«He's a very gentle dog», sagte Emily, als Oscar vor Liviu stehen blieb und an seinen Beinen schnüffelte, «and very obedient.»

«If you like, you can stroke him», schlug David vor und zeigte ihm, was er meinte.

Liviu wartete noch einen Moment, bevor er vorsichtig Oscars Rücken streichelte.

Oscar hob den Kopf und schaute Liviu an.

«Thanks, Oscar», sagte Liviu leise.

Von da an wich Oscar den ganzen Nachmittag nicht mehr von Livius Seite. Er schien ihn beschützen zu wollen, dachte Tobias. Und das konnte niemand so gut gebrauchen wie Liviu.

«Perhaps ... I'll ... get a dog ... in Romania», meinte Liviu beim Abschied.

Tobias sah ihm nach, wie er zu Fintan ins Auto stieg und davonfuhr.

Vielleicht würde er Liviu nie wiedersehen. Aber eins war sicher: Er würde ihn niemals vergessen.

© Pia Mortensen

Renate Ahrens,

1955 in Herford geboren, studierte Englisch und Französisch in Marburg, Lille und Hamburg. Zu ihren Veröffentlichungen gehören Kinderbücher, Drehbücher fürs Kinderfernsehen, Hörspiele, Theaterstücke und zwei Romane für Erwachsene. Seit 1986 lebt sie abwechselnd in Dublin und Hamburg.

Nach ihren deutsch-englischen Freundschaftsgeschichten um *Marie* und *Claire* und den Kinderkrimis *Detectives At Work* ist *Don't tell anybody!* der dritte Band ihrer neuen deutsch-englischen Kinderkrimireihe *Die 3 Spürnasen.*

Nähere Informationen zu den Büchern von Renate Ahrens gibt es auch im Internet unter www.renate-ahrens.de